KB055872

비츄 현대 판타지 장편소설
WISHBOOKS MODERN FANTASY STORY

레벨업 어게인

LEVELUP
AGAIN

레벨업 어게인 9

비츄 현대 판타지 장편소설

초판 1쇄 찍은 날 | 2017년 8월 16일
초판 1쇄 펴낸 날 | 2017년 8월 23일

지은이 | 비츄
펴낸이 | 예경원

기획 | 위시북스
편집책임 | 이규재
편집 | 이즈플러스

펴낸곳 | 예원북스
등록번호 | 제396-2012-000132호
등록일자 | 2012. 7. 25
KFN | 제1-139호

주소 | 경기도 고양시 일산동구 호수로 646-24 위너스21 II 빌딩 206A호 (우)10401
전화 | 031-819-9431 팩스 | 031-817-9432
E-mail | yewonbooks@naver.com

ISBN 979-11-6098-431-6 04810
     979-11-5845-304-6 (set)

비츄 현대 판타지 장편소설

WISHBOOKS MODERN FANTA5Y STORY

레벨업 어게인

LEVELUP AGAIN

9 완결

Wish Books

CONTENTS

1장
최후의 던전 (하)

과거에 이런 말이 있었다.

정말 답이 없을 때는 강현수가 답이다.

'돌이켜 보니⋯⋯.'

심지어 폭군인 강유석마저도 강현수 앞에서는 그 기세를 조금 누그러뜨렸던 것 같았다. 그 당시에는 잘 몰랐었는데 지금 돌이켜 보니까 그랬다.

하기야 강유석이 제아무리 폭군이고 잘났어도 혼자서 최후의 던전을 클리어하지는 못했을 테니까. 아무런 답이 없는 상황에서 의지할 수 있는 능력을 가진 유일한 사람이 강현수니까. 그래서 다른 사람들처럼 막 대할 수는 없었던 모양이었다.

어쨌든 강현수는 필요한 상황에 그 특유의 재능인지 능력인지 알 수 없는 '행운'을 발동시키곤 했고, 그것은 이번에도 마찬가지였다.

강현수가 어깨를 으쓱했다.

"해독기라는 것이 나왔네요."

"……."

해독기란다. 최성일과 임설희가 가지고 있는 지도를 해석하고 싶었는데 기다렸다는 듯이 행운 상자에서 해독기가 튀어나왔다.

강현수가 말을 이었다.

"노블레스 등급 이하의 모든 제약을 풀고, 모든 문서 및 아이템 등을 감정 및 해석 혹은 해독할 수 있는 아이템이라고 하네요. 프리미엄 노블레스 등급 이상은 완전 해독은 불가능하고 제약을 일부 해제할 수 있다고 합니다."

"……."

"이것을 빛의 성웅께 양도하는 것이 아름다운 일이 되는 것이겠죠?"

강현수는 지체하지 않고 해독기를 신희현에게 넘겼다.

"……감사합니다."

"뭘요. 아름다운 클리어를 위해서라면."

도대체 뭐가 어떻게 아름다운 건지는 도통 알 길 없었지만, 하여튼 신희현은 그 아이템을 받아 들었다.

강현수의 말대로였다.

"최성일 씨와 임설희 씨가 해독해 보시겠습니까?"

플레이어들이 지켜보고 있다. 모든 아이템을 독차지하고서 독자적으로 결정하고 판단하는 것보다 이렇듯 행동의 주체를 타인에게 넘기는 것이 좋을 것이다. 잘못하면 독재자처럼 보일 수 있고 그건 성군의 증표에 긍정적인 영향을 끼치긴 어려울 테니까.

최성일이 해독기를 받아 들더니 고개를 저었다.

"저는 불가능합니다."

임설희도 마찬가지였다.

"군주의 자격이 필요하다고 해요."

그 말의 뜻은 하나였다.

'저 지도가…….'

최소한 프리미엄 노블레스 등급 이상의 가치를 가진 물건이라는 소리였다.

해석하려면 '군주'의 자격이 필요하다고 하는데 신희현은 그 군주의 자격을 이미 갖고 있었다.

"제가 해보겠습니다."

신희현이 해독기와 지도를 받아 들었다.

[해독기를 사용하시겠습니까?]

신희현은 인상을 찡그렸다.

[자격을 갖춘 자, 마지막의 마지막에 다다른 자. 별들의 옥좌를 알
현하리라. 알파와 오메가를 얻을 것이요, 시작과 끝을 선택하게
되리라. 시작의 열쇠를 불태우라. 그대는 이미 알고 있으리니.]

해독이고 뭐고.
'뭔 개소리야?'
허무맹랑한 소리만 적혀 있었다.
그래, 자격을 갖춘 자는 대충 군주의 자격이라든가 앰플러
스 네임을 가졌다든가 뭐 그런 거라고 치고. 마지막의 마지
막은 최후의 던전을 클리어한 뒤, HAN을 얻는 거라고 치자.
그런데 별들의 옥좌는 뭐고 알파와 오메가는 무슨 뜬구름 잡
는 소리냔 말이다.
신희현이 그 말을 그대로 읽어줬고 대다수의 플레이어가
인상을 찡그렸다.
"일단…… 메모하겠습니다."
뭔지는 몰라도 메모했다. 길잡이들도 각자의 메모 관련 아
이템을 꺼내서 혹은 스킬을 활용하여 글귀를 메모했다.
신희현은 잠시 생각에 빠졌다.

'여기서의 그대란……'

그대가 누군가를 지칭하는 거라면?

그것은 아마도 자신 혹은 히든 던전들을 클리어하고 있는 플레이어를 말하고 있을 확률이 높았다.

'중요한 던전들은 서로 이어져 있으니까.'

뭐가 어찌 됐든 중요한 던전들은 서로 간에 연관점을 가지고 있었다. 전의 던전에서 얻었던 아이템이든 경험이든 그 무언가가 분명 나중에 도움이 된다.

'지금 얻을 수 있는 단서는 여기까지인가.'

여기까지인 줄 알았는데, 여기서 끝나지 않았다.

['마지막 지도'를 해석하였습니다.]

[노블레스 등급 업적으로 인정됩니다.]

['마지막 초대장'이 활성화되었습니다.]

[혼돈의 방 내에 속해 있습니다. 보상이 보류됩니다.]

[혼돈의 방 탈출 시 보상이 산정됩니다.]

이 해석하는 것마저도 어떠한 보상이 주어지는 것 같았다. 이를테면 시스템 퀘스트 같은 것인 듯했다.

'그리고……'

아무래도 자격이라는 것이 꽤 중요한 역할을 하는 것 같기도 했다. 아탄티아 이후로 이 자격, 혹은 자질이라는 것에 대한 내용이 많이 나왔었으니까.

하지만 별들의 옥좌가 뭔지는 모른다. 신희현의 기억 속에도 없었다. 전혀 없었던 것이고 그의 추측이 맞다면.

'과거에는 자격을 갖추지 못했었지.'

그래서 이 '별들의 옥좌'라는 것이 활성화되지 못했을 확률이 높았다. 아탄티아에서 여왕이 '자격 없는 놈들!'이라면서 화를 냈던 것처럼 말이다.

신희현이 걸음을 옮겼다.

"이동하겠습니다."

다음은 어떤 관문이 나타날지 신희현도 알 수 없었다.

어두운 방 안, 지금 당장 위험 요소는 보이지 않았다.

탁민호가 말했다.

"약 8㎞ 앞. 빛이 새어들어 옵니다."

플레이어들은 8㎞ 앞을 보지 못한다.

"얇은 막으로 가려져 있습니다."

탁민호가 특유의 능력인 투시를 사용해서 빛을 발견한 것 같았다.

신희현은 고개를 끄덕였다.

'키워놓길 잘했지.'

안 키웠어도 알아서 잘 컸겠지만.

신희현이 앞장서서 걸었다.

"빛을 향해 걷습니다. 단, 저와 탁민호 씨, 그리고 임찬영 씨가 앞장섭니다."

탁민호가 걸음을 멈췄다. 신희현도 얇은 장막 너머로 빛을 느끼기 시작했다.

이곳은 어두운 방 안. 장막이 있다는 것도 초감각을 통해 느꼈다. 플레이어들의 눈에는 이 검은색 얇은 천도 보이지 않을 거다.

"이것을 찢고 이동할까요?"

거기서 약 30분 정도를 지체했다. 찢어도 될 것 같다는 판단이 들었다.

신희현이 루시아를 소환했다.

"루시아."

루시아가 단도를 들고 모습을 드러냈다.

"오빠를 뵙습니다, 오빠."

요즘 들어 더더욱 '오빠'란 호칭을 자주 사용하는 루시아가 단도를 핥았다.

"무엇을 죽입니까?"

"이거 혹시 함정 같은 것이 발동할 수도 있으니까 조심해."

"죽으면 역소환될 뿐입니다. 그러니 전혀 걱정하실 필요

없습니다."

루시아는 그렇게 말하고선 일말의 망설임도 없이 장막을 찢어버렸다.

다행히 아무런 일도 벌어지지 않았다.

저만치 멀리 희미하게나마 빛이 보이기 시작했다. 어두운 밤하늘에 떠 있는 별 같았다.

그때, 알림이 들려왔다.

[혼돈의 방의 경계를 발견하였습니다.]
[혼돈의 방의 경계를 파괴하였습니다.]
[보상이 산정됩니다.]

신희현은 티 나지 않게 주위를 둘러봤다.

플레이어들을 살펴보니 그들에게는 알림이 활성화되지 않은 것 같았다.

'내게만 들리는 개별 알림이다.'

그렇다면 이 보상은 '혼돈의 방 탈출'로 인한 보상이 아니라는 소리다. 그렇다면 아까 들었던 알림, '마지막 초대장'을 활성화시킨 것에 대한 보상일 확률이 매우 높았다.

[위대한 업적들을 확인합니다.]
[마지막 초대장을 확인합니다.]

[보상 산정이 완료되었습니다.]

전혀 예상하지 못했던 타이밍에 주어지는 예상하지 못했던 보상.

알림이 이어졌다.

[앰플러스 네임을 강화합니다.]
[강화 대상이 되는 앰플러스 네임은 임의로 선택됩니다.]

앰플러스 네임 강화란다.

빛의 성웅이 밝은 빛의 성군이 된 것처럼.

'강화라고?'

이 타이밍에?

'갑자기?'

이건 어떤 이유인가. 분명 이유가 있을 거다. 이 최후의 던전 내에서 이유 없는 일은 벌어지지 않으니까.

[앰플러스 네임: '초월자'가 선택됩니다.]

초월자가 선택되었고.

[앰플러스 네임: 초월자의 권능이 강화됩니다.]

권능이 강화된다는 알림이 들려왔다.

'이건 대체……?'

강민영이 이상함을 눈치챘다. 신희현의 팔을 잡았다.

"오빠?"

강민영이 보기에 신희현에게 지금 어떠한 변화가 일어난 것 같았다.

모든 플레이어가 긴장한 상태로 신희현을 비롯한 길잡이들을 주시하고 있는 상황. 신희현의 표정이 굳어지면 플레이어들은 더욱 긴장할 수밖에 없었다. 강민영은 그 사실을 잘 알고 있었다.

신희현은 퍼뜩 정신을 차렸다. 물론 겉으로는 전혀 티를 내지 않았다. 빙그레 웃었다.

"아, 나도 모르게 긴장했나 봐. 트랩이 있는 것 같아서."

"트랩?"

플레이어들의 몸이 경직됐다.

"근데 아니네. 이제 긴장 좀 풀어도 될 것 같아. 저 빛이 출구가 맞는 모양이니까."

경계를 찢었다고 했다. '혼돈의 방' 탈출은 완료한 모양이었다. 하지만 그 건방진 소년의 목소리도 들리지 않고 있는 것으로 보아 새로운 관문에 돌입하지는 않은 것 같았다.

'아직 새로운 관문에 돌입한 건 아냐.'

빛은 보이고 있다. 저기가 출구일 확률이 높다. 그런데 아직 탈출 알림이 들리지 않았다. 새로운 곳에 진입했다는 알림도 없다.

신희현이 뭔가를 떠올렸다.

'이건……!'

신희현이 강민영과 강동훈을 불렀다.

"지금부터는 불의 제왕과 불의 법관이 협력 플레이를 펼칩니다."

강민영이 고개를 갸웃했다.

"무슨 일이야?"

"지금 보이는 저 빛, 저곳은 출구가 아닐 확률이 높습니다."

빛 자체가 중요한 게 아니다. 저 빛을 따라가면 어느샌가 갑자기 변화하게 될 거다. 그리고 그 변화에 제대로 대응하지 못하면 많은 피해가 발생할 수 있다.

"저 빛에 도달하기 전에 관문이 시작됩니다. 아니, 이미 관문은 시작되었다고 생각하고 움직입니다."

차라리 그게 나았다. 대비하지 못한 상태에서 갑자기 맞닥뜨리게 되면.

"불에 타죽을 수도 있으니까요."

그 말에 플레이어들의 몸이 움찔 떨렸다.

강동훈이 고개를 끄덕였다. 자신을 앞세운 이유, 알 수 있었다.

"영역 선포를 통해 플레이어들을 보호하라는 뜻이군요."

강동훈이 신희현 옆에 섰다.

"민영이 네가 도와."

거기까지만 말했는데 강민영은 신희현의 뜻을 완전히 이해했다.

"시너지 이펙트를 사용하란 뜻이지?"

"맞아."

'오구. 똑똑하네, 우리 애기' 하고 강민영의 머리를 쓰다듬고 싶었지만 보는 눈이 많아서 참았다. 대신 눈빛으로 그 말을 했고 강민영은 배시시 웃으며 화답했다. 그 모습을 조용히 지켜보던 대천사의 날개는 구부러졌고 말이다.

어쨌든 이 '시너지 이펙트'는 최후의 던전 직전의 고대 히든 던전 고대 호수에서 얻었던 보상이다. 신희현은 그때 '임시 자유 포인트'를, 강민영은 '시너지 이펙트'를 얻었었다.

과거에 얻었던, 그것도 고대 이름을 가진 히든 던전에서 얻은 스킬이고 이것은 최후의 던전에서 큰 도움이 될 거라고 신희현은 생각한 적이 있었다. 그리고 그 생각은 사실이 될 거고.

신희현이 설명했다.

"불의 법관이 도울 겁니다. 시너지 이펙트는 특정 속성의 힘을 극한까지 끌어올릴 수 있도록 도와주는 일종의 버프 스킬입니다."

불의 제왕, 불의 법관을 앞세운 신희현은 알림에 집중

했다.

'초월자의 권능.'

초월자의 권능이 강화되었다.

'이건…….'

그것에 관한 설명이 들려오고 있었다.

2장
초열지옥

아무래도 이 권능이라는 것은 어떠한 조건을 만족해야 하는 것 같았다.

[초월자의 권능 활성화 필요조건을 확인합니다.]

그 필요조건이란.

[룰 브레이커를 확인합니다.]

놀랍게도 룰 브레이커였다. 아주 오래전 신희현이 초창기에 얻어냈던 그 아이템 말이다.

사실상 룰 브레이커는 신희현에게 그렇게까지 큰 영향을 끼치지는 못했다. 물론, 원래 잡을 수 없는 몬스터들을 잡을 수 있도록 해줌으로써 빠른 레벨 업에는 도움이 됐지만 딱 거기까지였었다.

'플레이어들 위에 군림하지 않았었으니까.'

룰 브레이커가 정말로 필요했던 이유는 플레이어들 간의 계급 정리를 위해서였다. 과거 강유석이 폭군으로 군림할 수 있었던 이유는 다름 아닌 레벨 절대 룰 때문이었으니까. 그 레벨 절대 룰을 깨뜨릴 수 있었다면 강유석이 아무리 강했어도 그런 폭정을 펼치지는 못했을 거다.

어쨌든 신희현은 룰 브레이커가 '초월자의 권능'을 활성화시키는 하나의 도구였을 줄은 생각하지 못했었다.

'룰 브레이커가……'

이런 기능을 가지고 있었다니.

뭔가 이때를 위해 룰 브레이커가 존재하는 것 아니었을까 싶기도 했다.

'주인을 잡아먹는 아이템.'

과거에 잠깐, 그렇게도 불렸다. 세상에 알려진 아이템이고, 소유자를 죽여서라도 룰 브레이커를 갖고 싶어 하는 플레이어가 많이 있었으니까.

실제로 마지막 주인은 강유석이지 않았던가.

'강유석도 최후의 던전에 함께했었고.'

그때, 룰 브레이커를 가지고 있었다.

'초월자의 권능을 발현했을 수 있겠어.'

그랬을 수도 있다.

그림이 그려지는 것 같은 느낌이 들었다.

알림이 이어졌다.

[룰 브레이커 확인이 완료되었습니다.]

[초월자의 권능이 최종 발현됩니다.]

[초월자의 권능, '리미트 브레이커'가 발현됩니다.]

리미트 브레이커. 1일 1회 제한이 걸려 있는 스킬이었다.

스킬과 권능의 차이점은 '마력 소모'에 있었다. 권능은 마력 소모가 0이다. 당연히 체력적인 부담도 들어가지 않는다.

'어떤 효과가 있는 거지?'

보아하니.

〈리미트 브레이커〉

던전의 레벨 제한 룰을 파괴합니다.

설명은 간략했으나 그 내용 자체는 굉장히 특별했다.

'레벨 제한 룰을 파괴한다?'

신희현의 레벨은 533. 현재 신희현의 레벨은 500으로 제한되어 있는 상태다. 그런데 리미트 브레이커를 사용하면 레벨 제한이 500인 곳에서 533의 힘을 끌어내서 쓸 수 있다는 소리다.

'좋다……!'

과거의 강유석이 어떻게 했든, 좋았다. 사실상 던전의 페널티가 완전히 사라진 셈이었으니까.

그때, 목소리가 들려왔다.

─얘들아, 안녕? 이제 너희들이 맞이할 곳은 초열지옥이야. 아주 따뜻하니까 육수를 쫙쫙 뺄 준비를 하렴.

그와 동시에 불의 제왕, 강동훈이 스킬명을 말했다.

"소환사의 비술."

그도 신희현과 마찬가지로 소환사의 비술을 사용하였다.

그때, 신희현은 발견했다. 강동훈은 단순히 '소환사의 비술'만 사용한 게 아니었다.

'내가 모르는 뭔가를 또 갖고 있다.'

어쩌면 강동훈 역시 '정령 소환과 관련한 어떠한 권능'을 가지고 있을지도 모를 일이었다. 이를테면 정령왕과의 친화력을 엄청나게 높여주는 친화력 권능이라든가, 그래서 마력 소모를 획기적으로 줄여준다든가 하는 것 말이다.

그것이 무엇인지 지금 당장 신희현이 확인할 수 있는 길은 없었다. 강동훈이 자신이 가진 권능을 밝혀야 할 이유도 없었고 말이다.

그가 말을 이었다.

"페딕스 소환."

불의 정령왕이 모습을 드러냈다.

의문의 목소리도 조금은 놀란 것 같았다.

-오잉? 정령왕?

페딕스는 아무런 말도 하지 않았다. 강동훈이 다시금 스킬명을 말했다.

"영역 선포."

페딕스가 거대한 불길로 변했다. 그 탓에 이곳을 가득 채우고 있는 열기가 페딕스 때문인지, 아니면 초열지옥 때문인지 알 수 없었다.

그러나 플레이어들은 느낄 수 있었다.

'숨 쉬기가 편해졌다.'

신희현도 씨익 웃었다. 좋다. 아주 좋다. 강동훈의 능력이 이 정도까지 개화되었을 줄은 몰랐다.

초열지옥이 무서운 이유는 몬스터가 아니라, 끊임없이 플레이어들을 괴롭히고 서서히 잠식해 오는 이 뜨거운 열기였다.

처음에는 괜찮지만 어느 정도 시간이 흐르고 나면 갑자기 피가 끓는 '블러드 보일'이라는 현상이 발생해 죽어버린다. 특히나 흥분을 하면 더욱 그런 현상이 도드라졌다. 몬스터랑 싸우면서 흥분하는 건 플레이어들에게는 매우 잦은 일이 아닌가.

신희현이 감각을 끌어올렸다.

'훨씬 편하다. 그리고……'

놈들이 다가오고 있었다.

컹! 컹! 컹! 컹!

개 짖는 소리가 들려왔다.

신희현은 저 소리를 이미 알고 있었다.

최후의 던전 내의 커다란 줄기. 초열지옥에서 나타나는 저 지옥개들. 온몸이 불로 이루어져 있는, 어찌 보면 정령에 가까운 몬스터였다.

[레벨: 490]

[현재 상태: '겁이 없는', '흥분한'.]

대부분 레벨이 490 전후였다.

신희현이 말했다.

"놈들의 레벨은 490 정도입니다. 전투에 참여하는 플레이어의 레벨을 475로 제한합니다."

그와 동시에, 이두호로 이름을 바꾼 변도현과 강하나가 '얼음 폭풍'을 전개했다.

"얼음 폭풍!"

"얼음 폭풍!"

두 마법사가 끌어올린 마력이 이내 빙계 마법의 모습을 갖추고서 지옥개들을 향해 들이닥쳤다.

신희현은 거기서 강동훈의 모습을 놓치지 않았다.

'강동훈의 영역 선포가…… 저 정도인가.'

원래대로라면 미치광이 학살자와 마녀의 얼음계 마법이 이곳, 초열지옥에서 저토록 강력한 위력을 발휘할 수는 없었다. 초열지옥의 불길이 지옥개들을 보호하고 있기 때문이다.

그러나 과거와 상황이 달라졌다. 이두호와 강하나의 마법은 평상시와 거의 다름없는 강력한 위력을 발휘하며 지옥개들을 압박하고 있었다.

갑자기 얼음 폭풍에 얻어맞은 지옥개들은 꼬리에 불붙은 강아지처럼 이리저리 마구 뛰어다녔다.

마틴이 온몸의 근육을 가득 부풀리며 앞으로 나섰다.

"으랏차!"

그와 동시에 헤라클레스를 이끌고 있는 김경수가 거대 방패를 들고서 지옥개의 머리를 내려쳤다.

지금 탱커들을 이끌고 있는 것은 신희현의 소환 영령 마틴과 헤라클레스의 리더 김경수였다.

"탱커진, 어그로 확보하겠습니다."

"이 마틴 님의 주먹맛이 어떠냐!"

탱커들이 앞장서서 지옥개들을 둘러쌌다. 어느덧 정신을 차린 놈들이 이빨을 드러내며 불꽃을 피워 올렸다.

탱커들과 지옥개들 간의 전투가 벌어졌다.

레벨은 비등비등한 상태. 어그로를 잡는 것 자체는 그렇게 어렵지 않았다.

김경수가 방패를 휘두르며 외쳤다.

"어그로가 완벽하게 잡혔습니다."

그와 동시에, 강유석이 상급 물의 정령 '워티아'를 소환했다.

"워티아."

물로 이루어졌으며 여성 인어의 형태를 가진 워티아가 모습을 드러냈다.

그사이 얼음계 마법사들이 다시금 마법을 흩뿌리고 워티아가 그 위에 폭포를 들이부었다.

지옥개들의 불길이 약해졌다.

신희현이 명령을 내렸다.

"딜러진."

거기까지만 말했는데, 딜러진을 이끌고 있는 김상목이 신희현의 의중을 정확하게 파악했다.

"근딜, 투입합니다."

개별 공격력은 원거리 딜러보다 근거리 딜러가 훨씬 높다. 단일 개체의 숨통을 확실하고 빠르게 끊어놓을 수 있는 것은 근거리 딜러들이었다.

딜러들이 각자의 아이템을 들고서 전진했다. 최상위급 플레이어들답게 연계는 거의 완벽에 가까웠다. 어그로가 튀는 일도 발생하지 않았다.

전투가 끝났다. 플레이어들은 자잘한 부상을 입기는 했지만 중상자는 없었다.

신희현이 말을 이었다.

"불의 제왕이 가진 영역 선포, 그리고 불의 법관이 가진 시너지 이펙트 덕분에 지금 우리는 초열지옥의 영향에서 상당 부분 벗어나 있습니다."

하지만 경고는 줘야 했다.

"까딱 잘못하면 블러드 보일 현상이 발생합니다. 지나친 흥분을 금하고 최대한 평정심을 유지하며 호흡 유지에 신경을 써야 합니다."

임찬영이 물었다.

"블러드 보일 현상이 무엇입니까?"

"피가 끓어 죽는 현상입니다."

그 말에 플레이어들이 침묵했다. 지옥개들을 처리했다며 기뻐하던 플레이어들도 얼굴을 굳혔다.

"초열지옥의 특수 능력입니다."

김상목도 표정이 굳었다. 아무래도 이곳은 몬스터가 중요한 게 아닌 것 같다.

　신희현이 주위를 한번 둘러봤다. 지옥개들이 덤벼오는 것은 잘 처리했다. 이젠 앞으로 전진할 때다.

　"길잡이들이 앞장섭니다."

　이곳은 불의 계곡처럼 생겼다. 계곡에서는 불이 흘러내리고 있었다.

　'방향 잡는 것이 우선이다.'

　어디가 앞인지 알 수 없었다.

　'불타는 사이클로프스가 있는 방향인데.'

　초열지옥은 이미 경험했었다. 길은 계속해서 달라질지언정 그 커다란 줄기 자체는 달라지지 않을 터.

　불타는 사이클로프스는 크기 약 7미터의 거인형 몬스터다. 지옥개와 마찬가지로 온몸이 불로 이루어져 있으며 막강한 파괴력을 자랑하는 몬스터이기도 했다.

　'어디에 있는 거냐?'

　초감각을 활성화시켰다. 그때, 뭔가가 감각에 걸렸다. 덩치로 보나, 움직임으로 보나 눈으로는 보이지 않지만 분명거인 형태의 뭔가가 잡혔다.

　'이상한데.'

　그게 점점 멀어지는 게 느껴졌다.

　'가까이 다가오는 게 아니라 멀어진다고?'

지금 당장은 이유를 알 수 없었다. 하지만 놈들을 따라 뛰어갈 수는 없는 노릇. 이곳은 초열지옥이다. 움직임에 조심을 기해야 했다. 기척이 느껴지는 곳을 향해 천천히 움직였다.

탁민호가 인상을 찌그렸다.

"길 찾는 방법을 전혀 모르겠습니다. 투시를 통해 봐도 보이는 것이 없습니다."

말하자면 마치 불길 속에 갇힌 것 같은 느낌이랄까. 불길 속에서 방향감각을 완전히 상실한 것 같은 느낌이었다.

'아냐, 형. 시간 지나면 형이 알아서 길을 찾을 거야.'

그 말은 해주지 않았다. 신희현은 신희현의 방식으로 길을 찾고 있는 중이었으니까.

신희현은 느꼈다.

'불타는 사이클로프스가 움직이지 않고 있다.'

마치 저쪽 끝에 막다른 길이 있는 것처럼 말이다.

신희현이 주의를 기울이면서 계속해서 이동했다.

"수분 공급에 최대한 신경 씁니다."

막다른 길이 있는지는 모르겠지만, 신희현의 눈에 불타는 사이클로프스들이 보였다.

그는 불타는 사이클로프스들에게 레벨 디텍터와 초감각을 연계해서 사용했다.

[레벨: 495]

[현재 상태: '겁먹은', '위축된'.]

신희현은 알 수 있었다.

'저놈들.'

지금 쫄았다.

지옥개들은 지능이 낮고 너무 전투적인 성격을 가지고 있어서 그냥 달려들었다면.

'제왕의 발톱 영향이 제대로 먹혀들고 있는 것 같네.'

애초에 이놈들은 겁이 많은 것 같았다. 같은 힘을 가지고 있어도 겁이 많다면 제대로 덤벼들 수 없는 게 당연했다.

플레이어들이 긴장하고 있는 게 보였다. 크기 약 7미터의 불타는 거인이 어떤 능력을 가지고 있을지, 어떻게 상대해야 할지 감이 잡히지 않을 테니까.

신희현이 앞으로 나섰다.

"대천사, 엘렌."

굳이 엘렌 보고 대천사라 일컬었다. 그리고 굳이 대천사라 불린 엘렌이 성스러운 8장의 날개를 펼치며 매우 성스럽다 짐작되는 모습으로 영체화 상태를 풀었다.

"대천사의 위엄을 발현한다."

빛기꾼의 파트너 엘렌은 이제 척하면 착하고 알아듣는 경지에 이르렀다.

엘렌의 날개, 대천사의 상징 8장의 날개가 활짝 펼쳐졌다. 하늘을 향해 날아올라 하얀색 빛을 뿌렸다. 당연히 뭔가 있는 건 아니었다. 그냥 시각적인 효과일 뿐.

탱커장 김경수가 뭔가에 홀리기라도 한 것처럼 엘렌이 날아오르는 것을 쳐다봤다.

'대천사의 위엄⋯⋯?'

확실히 뭔가 있기는 있는 것 같았다. 엘렌이 하늘에서 성스러운 빛을 뿌리자 저 불타는 몬스터들이 구석에 몰려들었다.

신희현이 말했다.

"현재 놈들은 사기가 매우 꺾인 상태입니다."

애초에 제왕의 발톱 때문에 겁먹은 상태지만, 이것은 대천사의 위엄이라는 스킬 비슷한 것으로 둔갑되었다.

"대천사의 권능입니다."

"아⋯⋯."

플레이어들은 감탄했다.

[성군의 증표에 긍정적인 영향을 끼칩니다.]
[성군의 증표에 긍정적인 영향을 끼칩니다.]
[성군의 증표에 긍정적인 영향을 끼칩니다.]

신희현은 지금의 이 연출에 굉장히 만족했다.

'사기가 높아졌다.'

별거 아니라면 아닌데, 플레이어들 얼굴에서 자신감이 넘쳐 나는 게 보였다.

이 사기라는 거, 전투에 있어서 굉장히 중요한 거다. 신희현은 적절한 연출을 통해 그걸 극도로 끌어올렸고.

'이제 놈들을 잡으면……!'

초열지옥의 귀염둥이, 불타는 사이클로프스를 사랑해 마지않는 그놈이 나타나게 될 거다.

'그때부터가 진짜 초열지옥의 시작이겠지.'

사기가 한껏 오른 플레이어들이 그리 어렵지 않게 불타는 사이클로프스를 사냥했다. 그러면서도 흥분하지 않도록 최대한 조심했다.

초감각을 한껏 끌어올려 집중하고 있던 신희현이 크게 외쳤다.

"김상목! 피햇!"

그놈이 나타났다.

발밑에 생기는 아주 작은 세 개의 점. 그 세 개의 점은 붉은색이었고 삼각형을 이루고 있었다.

그러한 삼각형이 세 개. 세 곳에 삼각형 꼭짓점 형태의 붉은 점이 생겨났다.

김상목은 순간 뒷목이 뜨거워짐을 느꼈다.

"컥……!"

황급히 몸을 앞으로 굴렸다. 멋진 자세도 아니었고 훌륭한 대처라고 볼 수도 없었다. 그나마 김상목쯤 되니까 신희현의 말에 바로 대처해서 몸을 던진 것이었다.

김상목은 자신이 있던 자리를 뒤돌아봤다.

'제기랄……'

지름 약 10㎝ 정도의 구멍이 뚫려 있었다. 그것도 세 개나.

깊이는 알 수 없었다. 초열지옥의 땅이 얼마나 단단한지는 모르겠지만 굉장히 깊게 뚫린 것은 틀림없었다.

김상목은 아슬아슬하게 미지의 공격을 피해냈지만 모두가 피해낸 건 아니었다.

"김성찬!"

동료의 이름인 듯했다. 누군가가 바닥에 쓰러져 있었다. 그의 몸에는 구멍이 뚫려 있었다. 플레이어의 몸에 뚫린 구멍은 바닥에 생겨난 구멍과 달리 10㎝가 아니었다. 아니, 처음에는 10㎝였지만 시간이 갈수록 그 구멍이 점점 커졌다.

"으, 으어어억!"

그리고 종이가 불에 타들어 가듯 그 구멍으로부터 시작된 불길이 몸을 잡아먹었다. 종잇장이 빨갛게 변해 불타 사라지듯 몸이 사라져 갔다.

탱커 중 한 명인 김성찬이 발버둥 쳤다.

"크허어억!"

저도 모르게 비명이 터져 나왔다. 바닥을 굴렀다.

신희현은 마음을 굳게 먹었다.

'이미 적중되었으면 방법 없어.'

힐러의 힐이고 뭐고 아무것도 통하지 않는다. 저 공격은 피하는 방법밖에 없다.

김상목이 물었다.

"도대체…… 이건 뭡니까……?"

"레드 드래곤의 브레스입니다."

플레이어들이 침을 꿀꺽 삼켰다. 레드 드래곤의 브레스란 다. 그렇다면 이 공격을 감행한 것은 드래곤이라는 소리 아니겠는가.

"드래곤…… 입니까?"

신희현이 고개를 끄덕였다. 확실했다.

"놈은 지금 우리의 머리 위를 날아다니고 있습니다."

플레이어들이 저도 모르게 위를 쳐다봤다. 초열지옥의 시뻘건 불길만이 보일 뿐, 레드 드래곤은 보이지 않았다.

"제대로 보이지 않는다는 게 맹점이지만요, 육안으로는."

어떤 특수한 기술을 가진 건지, 아니면 초열지옥의 특성인지 모르겠지만 레드 드래곤은 육안으로는 그 모습을 포착하기가 매우 어려웠다.

플레이어들은 입술을 깨물었다.

'시팔……!'

아무래도 걸려도 된통 걸린 것 같았다. 어쩐지 최후의 던전치고 너무 쉽다 했다. 보이지도 않는 날아다니는 적을 무슨 수로 공격한단 말인가.

신희현은 크게 말했다.

"놈은 공격하기 전에 두 가지 전조 현상을 보인다."

임찬영과 탁민호도 하나는 캐치했다.

붉은색 점. 총 9개의 점이 생겼다. 운 좋게도 이번에는 단한 명만의 사망자가 발생했지만, 최악의 경우 한 번의 공격에 9명의 사망자가 발생할 수도 있다. 아무래도 저 브레스라는 건 막을 수 없는 절대 공격 같았으니까.

"하나는 이미 봤듯, 붉은색 점."

나타나는 시간이 너무 짧고, 이어지는 공격이 빨라서 일반적인 시력을 가진 플레이어들은 간파가 거의 불가능할 거다.

"탁민호, 임찬영, 그리고 저."

그들에게 손짓했다. 그들은 그것만으로도 신희현의 의중을 눈치챘다.

탁민호가 자리를 잡았다.

"제가 12시."

임찬영도 말했다.

"제가 4시."

신희현도 탁민호를 기준으로 8시 방향에 섰다.

"이곳을 길잡이 세 명이서 커버한다."

레드 드래곤은 첫 공격 이후에 조금 잠잠했다. 신희현이 기억하는 패턴과 비슷했다. 하지만 공격은 점점 더 빨라질 거다.

"또 하나, 놈은 모습을 드러내기 전 그림자를 보인다. 그림자 기준 반경 5미터 이내에서는 반드시 몸을 피해."

레드 드래곤은 9다발의 브레스를 토해냄과 동시에 육중한 앞발로 후려치는 공격을 구사한다. 일반인의 기준으로는 보이지도 않을 정도로 빠른 속도로 공격한다. 때로는 플레이어를 으깨기도 하고, 때로는 플레이어를 들고 날아오르기도 했다. 물론, 그렇게 하늘로 끌려간 플레이어는 다시 돌아오지 못했고.

그리고 신희현은 라비트를 소환했다.

"라비트 소환."

라비트에게 아이템을 건넸다.

"오, 이것이 무엇이오?"

라비트에게 건네준 것은 '그림자 망토'였다.

'이걸 착용하고 바로 녹아들기 스킬을 사용해.'

로자리오 대저택에서 얻었던 '그림자 망토'다. 신희현은 이것을 어떻게 하면 가장 효율적으로 사용할 수 있을까 생각하다가 라비트를 떠올렸다.

라비트의 털들이 빳빳하게 섰다.

"이, 이것은……!"

라비트는 그림자 망토를 착용하더니.

"멋있소! 이것은 바로 남자의 로망 아니오! 바람에 휘날리는 망토! 한 자루의 검! 이제 나는 멋쟁이인 것 같소!"

라비트는 그림자 망토를 상당히 마음에 들어 하는 것 같았다. 걸음걸이도 왠지 허세가 가득 찬 것처럼 보였다.

'놈의 그림자가 나타나면…….'

그런데 그게 지금이었다.

'알았소!'

그림자 망토에 특수 스킬, '녹아들기'를 사용했다. 라비트의 몸이 아주 짧게 나타난 그림자에 녹아들어 갔다.

'성공했소!'

신희현은 그에 대답해 주지 못했다.

"거기! 정신 안 차렷!"

신희현의 외침에 플레이어 몇이 황급히 몸을 앞으로 던졌다. 그와 동시에.

쿵!

거대한 소리가 터져 나왔다. 흙먼지가 피어올랐는데 그 흙먼지는 초열지옥의 열기에 순식간에 녹아버렸다.

"크윽!"

누군가가 하늘에서 떨어져 내렸다. 반쯤 끌려 올라갔다가 떨어져 내린 거다. 운이 좋은 경우다. 황급히 몸을 던진 덕분에 옷만 찢어졌을 뿐 다행히 완전히 끌려가지는 않았다.

신희현은 동요하지 않았다. 하늘에서 떨어진 플레이어에

게 눈길조차 주지 않았다.

"그림자가 보이는 곳. 그 근처가 공격 포인트다. 정신 똑바로 차려."

지금은 한 명, 한 명에게 신경을 쓸 수가 없는 상황이다.

'라비트, 어떻게 됐어?'

'엄청나게 큰 놈이오. 달려도 달려도 어디가 어딘지 모르겠소!'

'놈의 약점을 찾아.'

'약점이 어디 있소?'

'어딘가에 분명 약점이 있다.'

어딘지는 그도 모른다. 찾아야 했다. 그걸 찾아서 제대로 공략하면 놈이 떨어져 내릴 거다.

김경수가 물었다.

"신희현 씨, 우리는 공격할 방법이 없습니까?"

"없습니다."

지금 당장은 공격한다고 해도 제대로 먹히지도 않을 거다. 지금 믿을 것은 라비트뿐이다.

레이드 시에는 언제나 그렇듯 반말을 사용해 탁민호에게 명령을 내렸다.

"탁민호, 그림자가 나타나면 그 즉시 투시를 통해 특별한 것이 없는지 확인해."

"알겠습니다."

몇 번인가 더.

쿵!

거대한 소리가 터져 나왔다.

미리 대비하고 있던 플레이어들이 우스꽝스러운 모습으로 몸을 던지며 레드 드래곤의 공격을 피해냈다.

그리고 그와 동시에 9다발의 브레스가 쏘아졌다. 브레스는 붉은색이었으며 직경은 약 10㎝ 정도 되었다. 그 공격에 3명이 당했다. 어디 한 군데를 스치기만 해도 끝이다. 그 공격이 온몸을 갉아먹었다.

누군가가 침을 퉤 뱉었다.

"제기랄…… 뭐 저딴 괴물 같은 새끼가 다 있어."

"신희현 씨, 다른 방법이 없는 겁니까!"

지금은 확실한 공략법도 없이 피하는 게 전부였다. 제대로 된 공격 한 번 먹이지 못하고 있는 실정 아닌가.

"지금 제 소환 영령 하나가 놈의 그림자에 녹아들었습니다. 놈의 약점을 찾아내면……."

그때, 탁민호가 외쳤다.

"목 부근입니다! 목 부근에 비늘 한 겹 아래, 그곳에 뭔가가 있습니다."

레드 드래곤의 역린. 어쩌면 그것일지도 몰랐다.

'라비트, 목 부근.'

라비트가 빠르게 움직였다. 레드 드래곤이 하늘을 날아다니는 이상, 그림자는 반드시 발생한다. 라비트는 그 그림자를 타고서 레드 드래곤의 목 부근으로 이동했다.

"일격필살!"

라비트는 자신만의 성명절기 일격필살을 사용해 그림자 속에서 그림자를 찔렀다.

'H/P에 전혀 영향이 없소.'

'괜찮아. 계속 공격해.'

단 한 번의 공격에 최후의 던전에서 등장하는 보스급 몬스터를 죽일 수 있을 거라는 생각은 아예 하지도 않았다. 지금 당장은 공격이 먹히지 않는 것 같아도.

[6콤보]

[7콤보]

[8콤보]

콤보가 이어지고 있었다. 즉, 지금의 가해지는 대미지는 전혀 없더라도 공격 자체는 먹히고 있다는 소리였다. 그 얘기는 곧, 놈에게 실드 비슷한 무언가가 있다는 소리였다.

"놈에게 실드가 있다."

[9콤보]

[10콤보]

콤보가 40까지 이어졌다.

[크리티컬 샷!]

그사이에 크리티컬 샷 몇 번이 터졌다. 그리고 플레이어 다섯 명이 브레스에 맞아 죽었다. 길잡이들이 눈에 불을 켜고 놈의 공격을 예측하고 경고한다고 해도 피하는 데에는 한계가 있었으니까.

누군가가 방패를 들어 올렸다. 덩치가 굉장히 컸다. 탱커였다.

"제기랄!"

이대로는 방법 없겠다. 내가 도대체 왜 저딴 공격을 피하기만 해야 하는데.

그가 외쳤다.

"절대 방어!"

그는 자신의 방어 스킬을 믿었다. 어차피 피하기도 힘들었다.

이왕 이렇게 된 거, 정면으로 막아버리겠다.

그렇게 생각했다.

그리고 그는 그 자리에서 즉사했다.

시간이 흐르면 흐를수록 플레이어들에게는 불리해졌다. 언제 죽을지 모른다는 공포감에 플레이어들은 두려워했다.

'조금만 더.'

어느덧 콤보는 120콤보를 돌파했다.

헤라클레스의 리더, 김경수가 재차 물었다.

"정말 다른 방법은 없습니까?"

놈이 땅으로 내려왔을 때, 그때 공격을 해도 되기는 했다. 아주 짧은 시간이지만 실력 있는 딜러라면 어느 정도 대미지를 줄 수는 있을 테니까.

"공격은 가능해."

그러나.

"그렇게 되면 놈이 완전히 멀쩡한 상태로 더욱 심하게 날뛰겠지. 공격 빈도가 2배는 늘어날 거다."

김경수가 입을 다물었다.

지금도 이런 상황인데, 놈의 공격이 더욱 거세진다? 그건 상상하고 싶지 않았다.

교감을 통해 라비트의 목소리가 들려왔다.

'일격필살! 도대체 이놈의 몸뚱이는 뭐가 이렇게 단단하오!'

조금만 더.

[180콤보]

[181콤보]

플레이어들은 공포에 사로잡혔지만 신희현은 상황을 그렇게 비관적으로 보지 않았다.

'과거보다 상황이 훨씬 좋아.'

놈의 공격 패턴을 파악하는 동안에 100명 이상이 죽었다. 지금은 그보다 훨씬 적은 피해가 발생하고 있지 않은가.

'일격필살!'

그때, 알림이 들려왔다.

[초열지옥 보스 몬스터, 레드 드래곤의 역린을 파괴하였습니다.]
[보스 몬스터, 레드 드래곤의 비행 능력이 소멸합니다.]
[보스 몬스터, 레드 드래곤이 하강합니다.]

그림자가 커졌다. 신희현이 외쳤다.

"피햇!"

저 거대한 몸뚱이에 깔렸다가는 아마 압사당하고 말 거다.

붉은 불길이 가득 찬 하늘에서 붉은 무언가가 떨어져 내리고 있었다.

그 와중에도 라비트는.

'일격필살! 일격필살! 나의 멋진 검을 받으시오!'

라면서 열심히 검을 내질렀다.

레드 드래곤을 땅으로 떨어뜨리는 것까지는 성공했다. 플레이어들에게도 나름의 희망이 생겼다. 아예 공격조차 못 했는데 지금은 상황이 많이 호전된 것처럼 느껴졌으니까. 하지만 신희현은 상황을 그렇게 편하게만 이해하지는 않았다.

'이제부터가 진짜다.'

그 생각을 대변하기라도 하듯, 플레이어들의 입장에서는 황당하기 짝이 없는 알림이 들려왔다.

[보스 몬스터, 레드 드래곤 레이드가 시작됩니다.]

여태까지는 제대로 된 레이드도 아니었단 뜻이었다.

플레이어 몇몇이 약속이라도 한 듯 신희현을 쳐다봤다. 새로운 상황에서 길잡이가 어떻게 대처하느냐에 따라 레이드의 방식이 달라질 테니까.

탁민호와 임찬영도 암담하기는 매한가지였다.

'어떻게 할 생각이지?'

아무래도 이 상황을 쉽게 타개하기는 어려울 것 같았다.

알림이 이어졌다.

[보스 몬스터 존이 선포됩니다.]

그와 동시에 신희현이 강동훈에게 신호했다.

강동훈과는 이미 말을 맞춰놓았다.

"강동훈."

미리 준비하고 있던 강동훈이 신희현 옆에 섰다.

두 명의 소환사가 레드 드래곤 앞에 섰다.

3장
레드 드래곤

불의 제왕 강동훈. 빛의 성웅 신희현.

그 둘의 조합은 플레이어들에게 낯익은 조합은 아니었다. 이 둘이 힘을 합쳐 대외적으로 무언가를 했던 적은 없었으니까.

강동훈의 입에서 뭔가 이상한 언어가 튀어나왔다.

"Reputai Meplare Noreis."

무슨 뜻인지 해석할 수는 없었으나, 신희현이 짐작하고 있던 대로 강동훈이 가진 권능을 활성화시키는 명령어였다. 권능의 이름은 '불의 약속'이며 불의 정령왕을 부릴 수 있는 권능이었다.

신희현의 입장에서 보자면 가히 사기적인 권능이라 할 수 있었다. 소환사의 비술을 통해 정령왕을 소환하고 '불의 약속'을 통해 정령왕을 부린다. '소환'은 스킬인데, 소환사의 비술을 통해 M/P 소모를 0으로 만들었다. 그리고 '불의 약속'은 권능이라 M/P 소모가 없다. 그러니까 강동훈은 거의 아무런 제약 없이 불의 정령왕 페딕스를 부릴 수 있다는 뜻이었다. 다만, 강동훈의 레벨이 레벨인지라 불의 정령왕 본신의 힘을 전부 끌어낼 수는 없었다.

레드 드래곤이 플레이어들 앞에 완전히 모습을 드러냈다. 덩치가 굉장히 컸다. 머리부터 꼬리까지 최소 80미터는 넘는 것 같았다.

어마어마한 크기에 플레이어들이 뒷걸음질 쳤다.

신희현도 스킬명을 말했다.

"소환사의 비술."

레드 드래곤의 콧구멍에서 콧김이 뿜어져 나왔다. 그 콧김도 불길이었다. 화염방사기가 쏘아내는 화염처럼 콧김이 계속 뿜어져 나왔다.

엄청나게 커다란 목소리가 들려왔다.

"네놈들이 감히 우리 귀여운 싸이를 죽였다 이거냐?"

플레이어 몇몇이 자리에 주저앉았다.

신희현에게는 알림이 들려왔다.

[불굴의 의지 +7이 저항합니다.]
['드래곤 피어' 저항에 성공하였습니다.]

　불굴의 의지가 드래곤 피어 저항에 성공했단다.
　'저 기술, 굉장히 거슬리는 기술이지.'
　드래곤 피어는 직접적인 살상력은 없었다. 하지만 굉장한 디버프 효과를 발생시킨다. 전의를 상실하게 만들고 몸이 느려지게 만든다. 심각한 경우 'M/P 동결 현상'까지 나타나게 되는데, 이렇게 되면 스킬도 사용할 수 없게 된다. 레드 드래곤의 능력들 중 가장 안 위험하지만, 가장 성가시는 기술이기도 했다.
　불길 속에서 목소리가 들려왔다.
　"불도마뱀, 오랜만이다."
　불의 정령왕, 페딕스의 목소리였다.
　레드 드래곤도 말했다.
　"인간의 졸개 주제에 아는 척하지 마라."
　"건방진 주둥아리는 여전하구나."
　"이번에야말로 네놈을 영영 소멸시켜 주겠다."
　페딕스와 레드 드래곤은 안면이 있는 것 같았다.
　신희현은 거기에 큰 의의를 두지는 않았다. 이것을 하나의 시스템상 설정이라고 이해하고 있었으니까.
　신희현 역시 정령왕을 소환했다.

"칸드 소환."

바람이 불어닥쳤다. 불의 정령왕에 이어 바람의 정령왕까지 나섰다.

'확실히…… 놈이 주춤하고 있다.'

과거와는 다른 양상이다. 과거에는 이성을 잃은 레드 드래곤이 마구 날뛰면서 저 육중한 몸집으로 플레이어들을 도륙했었다. 그로 인해 엄청난 피해를 입었었고. 하지만 지금은 불의 정령왕과 바람의 정령왕이 모습을 드러냈기 때문인지 이성을 잃지 않고 제법 침착한(?) 모습으로 대화를 하고 있지 않은가.

'칸드, 놈을 알아?'

'저딴 놈 모른다.'

칸드는 말할 가치도 없다는 듯, 신희현의 말을 잘랐다.

레드 드래곤이 또 콧김을 내뿜었다.

"바람잡이 하나와 가짜 불의 왕이라. 재미있어지는데."

페딕스가 대답했다.

"과거의 악연을 여기서 끝내자."

"아무리 정령왕이 둘이라 해도 네놈들은 이곳에서 제대로 된 힘을 끌어낼 수 없다. 정령계로 돌아가지도 못하게. 영혼까지 소멸시켜 주겠다."

강민영이 강동훈 옆에 섰다.

불의 정령왕이 제대로 된 힘을 끌어내 쓰지 못한다? 그러면 힘을 더해주면 된다.

"시너지 이펙트."

그녀 스스로도 뛰어난 원거리 딜러지만, 그녀는 이번에 버퍼의 역할을 하고 있는 거다. 비록 불 속성 한정이기는 하지만, 그 불 속성에 한해서는 커다란 힘을 보태줄 수 있다.

시너지 이펙트 효과를 입은 불의 정령왕이 거대한 삼지창으로 변했다.

삼지창이 불타올랐다.

레드 드래곤이 입을 쩍 벌렸다. 그 입 주위에 화염이 몰려들었고, 불덩이가 침처럼 뚝뚝 떨어져 내렸다.

'브레스다.'

신희현 역시 이번에는 버퍼의 역할을 할 셈이다. 레드 드래곤 레이드의 주축은 강동훈이 될 테니까. 강동훈을 도왔던 것은 이 순간을 위해서였다.

'에이드 커튼.'

'젠장, 저 재수탱이를 내가 도와야 한다니. 내 바람창이 더 센데.'

'도와줘.'

도와달라는 말에 칸드가 솔깃한 것 같았다. 그래서 서비스멘트 하나 더 줬다.

'너는 위대한 정령왕이니.'

그사이.

"일격필살!"

생쥐 라비트가 열심히 일격필살을 외치며 그림자를 공략하고 있었다. 물론 대미지 자체는 그리 크지 않은지 레드 드래곤은 신경조차 쓰지 않고 있었지만.

"망토를 착용한 멋진 나의 검을 받으시오!"

라비트는 아예 두 손으로 검을 잡고서 마음껏 그림자를 찔렀다.

바람이 불어닥쳤다. 바람의 정령왕답게 주변의 바람을 완전히 자신의 영역으로 만들었다. 이 바람은 불의 정령왕 페닉스에게는 이로운 바람이 될 것이요, 레드 드래곤의 불에는 해로운 바람이 될 것이다.

레드 드래곤의 브레스와 불의 정령왕이 만들어낸 삼지창이 부딪쳤다.

쿵!

충격파가 일었다. 그 충격파는 눈에 보이는 소닉붐 같았다. 주변에 화염이 터져 나왔다.

라비트로부터 다급한 목소리가 들려왔다.

'으헉? 뜨거울 뻔했소! 조, 조심 좀 해달라고 전해주시오! 나도 영역에 포함시켜 주시오!'

강동훈과 신희현, 강민영이 앞장서서 레드 드래곤의 이목을 끌고 있을 무렵, 이두호(변도현)와 강하나, 그리고 강유석은 커다란 공격을 준비했다.

강하나의 몸에서 푸른빛이 뿜어져 나왔다.

"마법진 공유."

그녀의 발밑을 중심으로 하여 파란색으로 빛나는 원형의 마법진이 생겨났다. 그 마법진 위에 이두호와 강유석이 섰다. 이두호가 힘을 끌어올렸다.

'마력 운용이 훨씬 편해졌다.'

얼음 폭풍을 사용할 거다. 강하나와 함께.

강하나는 마치 오래전부터 호흡을 맞춰온 플레이어처럼 자신과 뜻이 잘 맞았다.

현재 레드 드래곤의 브레스와 불의 정령왕 페딕스가 힘겨루기를 하고 있는 상황.

"얼음 폭풍!"

"얼음 폭풍!"

두 명의 최상급 얼음계 마법사가 얼음 폭풍을 발현시켰다.

대단위 광범위 마법. 그러나 그 마법의 영역은 레드 드래곤의 몸을 덮을 만큼밖에 되지 않았다. 레드 드래곤이 엄청난 덩치를 자랑하기 때문이다.

강력한 얼음 폭풍이 불어닥쳤다.

신희현이 그걸 봤다.

'불의 정령왕은 지금…… 여유가 있는 상태다.'

분명했다. 아무리 최상급 얼음계 마법사 둘의 합공이라고 해도, 이 초열지옥에서 저 정도의 위력을 내려면 불의 정령왕의 영역 선포가 있어야 했다. 지금 불의 정령왕은 브레스와 힘겨루기를 하고 있으면서도 영역 선포를 제대로 해주고 있다는 뜻이었다.

거기에 더해, 레드 드래곤의 배 아래에서 물보라가 피어올랐다. 마치 바다에서 하늘을 향해 승천해 가는 용의 형태. 용오름이었다.

과거, 폭군이었던 강유석의 공격이었다.

"용오름."

물보라가 피어올랐다. 그 힘에 레드 드래곤의 육중한 몸이 살짝 뜰 정도였다.

강력한 수압이 아래에서 위로, 얼음 폭풍이 위와 양옆에서, 그리고 불의 제왕의 공격이 정면에서 레드 드래곤을 압박했다.

신희현이 씨익 웃었다.

'좋다.'

모든 것이 예상대로 흘러가고 있다.

최후의 던전에서 예상할 수 있는 몇 안 되는 관문, 커다란 줄기에 속하는 '초열지옥', 그리고 그곳의 보스 몬스터 '레드 드래곤'. 그와 관련한 공략이 지금 그의 손과 그의 동료 플레이어들에 의해서 제대로 펼쳐지고 있는 셈이었다.

"김경수, 힘을 아껴."

그와 동시에, 하늘에서 불비가 떨어져 내렸다.

"멀티 실드!"

신희아가 외쳤다. 신희아의 방어 스킬, 그리고 각각 탱커들의 방어 스킬이 현란한 이펙트를 뿜어내며 터져 나왔다.

"컥!"

하늘에서 끊임없이 쏟아지는 불비.

불의 정령왕이 비록 영역을 지배하고 있다고는 해도 레드 드래곤 역시 최후의 던전 내에 있는 하나의 보스 몬스터다. 그 지배력을 뚫고서 플레이어들을 공격한 것이다.

탱커장 김경수가 말했다.

"약 10여 명 부상, 2명 사망입니다."

그사이.

"힐!"

"힐!"

힐러들이 힐을 사용했고 플레이어들의 H/P가 차올랐다. 다행히 불비는 브레스와는 달리 H/P만 일부 깎았다.

불의 정령왕 페딕스도.

"어딜 한눈을 파는 거냐."

라고 말하고 하늘에서 불비를 내렸다. 그 불비가 레드 드래곤 비늘에 부딪혔다. 레드 드래곤의 H/P가 조금 떨어져 내렸다.

탁민호가 눈을 크게 떴다.

'드디어……!'

제아무리 정령왕들과 소환 영령이 힘을 합쳐 공격을 해도, 거기에 최상급 마법사들과 강유석까지 합세하여 공격을 해도 꿈쩍하지 않을 것 같던 레드 드래곤의 H/P가 조금 떨어져 내리는 게 보였다.

그런데 일이 그렇게 쉽지만은 않았다.

"힐."

레드 드래곤 역시 힐을 사용할 줄 알았다. 그나마 조금 떨어졌던 H/P가 다시 차올랐다.

탁민호는 신희현을 슬쩍 쳐다봤다.

'빛의 성웅은…… 이 상황을 이미 예측했다.'

그러지 않고서야 설명이 되지 않는다. 신희현은 레드 드래곤이 H/P를 회복할 거라는 것을 이미 예상하기라도 했다는 듯, 전혀 놀라지 않았다.

'도대체 무슨 생각을 하고 있는 거지?'

현재 플레이어들과 드래곤의 전투는 막상막하. 하지만 이 초열지옥이라는 불리한 조건에서 시간이 지나면 지날수록 불리해지는 것은 플레이어들이라는 것은 자명한 사실이었다.

레드 드래곤의 꼬리가 초열지옥의 땅을 휩쓸었다.

후우웅—!

파공성과 함께 화염이 일었고, 그 꼬리에 얻어맞은 플레이어 네 명이 자리에서 즉사했다. 그리고 그것을 본 플레이어 세 명이.

"크아아아악!"

비명을 지르며 땅바닥을 뒹굴었다.

신희현이 인상을 찡그렸다.

'시작됐다.'

이 레이드에서 평정심을 유지하는 건 쉽지 않은 일이다. 신희현도 그 사실을 잘 알고 있다. 그러나 초열지옥에서 평정심을 유지하지 못하면 이상 현상이 발생한다.

'블러드 보일. 막을 방법은 없어.'

피가 끓어올라 결국 사망에 이르는 초열지옥의 특수 능력.

블러드 보일을 목격한 플레이어들이 조금씩 동요했다. 플레이어 하나는 거의 절망하다시피 했다.

'젠장, 저놈을 잡을 수 있기는 한 거야……?'

그의 눈으로 보기에 저 레드 드래곤은 절대로 잡을 수 없는, 사냥이 불가능한 몬스터였다.

'아무리 공격해도 소용없다고.'

그 대단하다는 빛의 성웅 역시도 그다지 힘을 발휘하지 못하고 있는 것 같았고, 플레이어들의 피로도와 피해는 점차 누적되고 있지 않은가. 이 빌어먹을 블러드 보일이라는 특수 능력의 공포도 플레이어를 지치게 하고 있었고 말이다.

'빛의 성웅도…… 이번만큼은 방법이 없는 거야.'

그러니까 지금 이렇게 겨우겨우 힘겹게 현상 유지를 하고 있는 것 아니겠는가. 차라리 지금 죽어버리면 좋을 것 같다는 공포감과 무력감이 무럭무럭 피어올랐다. 이것은 초열지옥의 공포감과 더불어 레드 드래곤의 드래곤 피어가 함께 작용했기 때문이다. 플레이어 스스로는 그걸 몰랐지만.

그때, 신희현이 한 발자국 앞으로 움직였다. 그림이 거의 그려졌다. 이제는 때가 됐다. 피해를 감수하면서까지 일부러 기다렸다. 그가 입을 열었다.

"네깟 도마뱀 새끼가 감히 만물의 영장, 만인의 군주 앞에서 절대 권능을 논하는 것이냐?"

그때도 여전히 교감을 통해 목소리가 들려왔다.

'나의 멋쟁이 검을 받아라. 일격필살!'

"네깟 도마뱀 새끼가 감히 만물의 영장, 만인의 군주 앞에서 절대 권능을 논하는 것이냐?"

여태까지 기다렸다. 5살짜리 애가 도발한다고 거기에 화를 내는 어른은 없다. 있으면 그 어른이 정신병자인 거다.

신희현이 보기에 레드 드래곤은 흉폭하고 불타는 사이클로프스를 사랑하는 애완불사(*애완 불타는 사이클로프스의 준말) 드래곤이기는 했지만 정신연령이 달라지지는 않았다.

　레드 드래곤의 몸이 바르르 떨렸다. 레드 드래곤의 황금색 눈동자가 신희현을 뚫어져라 노려봤다.

　[초월자의 권능, 리미트 브레이커가 발현되어 있는 상태입니다.]
　[불굴의 의지 +7이 저항합니다.]
　[드래곤 피어 저항에 성공하였습니다.]

　신희현이 씨익 웃었다.

　"네깟 놈의 드래곤 피어가 내게 통할 것 같으냐?"

　아마도 레드 드래곤은 전체 플레이어들에게 옅게 흩뿌리던 드래곤 피어를 신희현 자신에게 집중했던 모양이었다. 그게 통하지 않으니 순간 당황을 한 것이고.

　'레벨이 상향 조정되지 않았다면…….'

　그랬다면 어쩌면 저 드래곤 피어에 당했을 수도 있다. 사람의 정신에 크게 작용하는 기술이다. 하지만 리미트 브레이커로 인한 실질적 레벨 업 효과와 불굴의 의지가 콜라보를 이룬 덕분에 드래곤 피어의 영향에서 자유로울 수 있었다.

　"간지럽지도 않군."

　"……너는 무엇이냐?"

　좋아, 자극을 조금 더 하자.

　"네가 사랑해 마지않는 거인 놈을 찢어먹은 사람이지."

플레이어들은 자신의 귀를 의심해야만 했다.

아니, 그런 짓을 하지도 않았으면서 왜 하지도 않은 일로 레드 드래곤을 자극한단 말인가.

"……."

초열지옥의 땅이 흔들렸다. 지진이라도 일어난 것 같았다. 주위를 둘러싸고 있는 화염이 위로 솟구치며 소용돌이쳤다.

[불굴의 의지 +7이 저항합니다.]

레드 드래곤은 어지간히 분노한 것 같았다. 그러면서도 신희현에게 함부로 달려들지 못하는 것은 바람의 정령왕과 불의 정령왕이 협력 플레이를 하며 레드 드래곤을 견제하고 있기 때문일 터.

'끓어올라라.'

그러니까 레드 드래곤은 굉장히 화가 날 거다.

"버려지도 못한 인간 놈들이……!"

버려지도 못한 인간 놈들이 정령왕씩이나 되는 놈들을 둘이나 소환해서 자신과 비등하게 싸우고 있는 것도 짜증이 나는데, 거기에 이상한 놈 하나가 감히 자신의 애완불사를 찢어 먹었다고 울화통 터지는 소리를 하지 않는가.

레드 드래곤이 입을 크게 벌렸다.

"죽여 버리겠다!!!"

신희현이 김경수 옆으로 빠르게 몸을 움직였다. 그리고 말했다.

"검은색 브레스가 나오면 막아."

"……."

신희현은 알고 있다. 김경수가 아직까지 사용하지 않은 스킬이 하나 있다는 것을. 고의로 그 기술을 사용하지 않고 있는 건지, 아니면 그 스킬에 제약이 있는 건지는 알 수 없지만.

'어쩌면 권능일 수도 있지.'

과거의 신희현은 '권능'이라는 것이 있는지 몰랐었다. 권능은 각 클래스의 최상위 클래스의 플레이어들이 가지고 있는 특별한 힘이었을 테니까. 신희현은 최상급 길잡이가 틀림없었지만 권능까지 가지고 있지는 못했었다.

'민영이가 살아 있었다면…… 권능에 대해 알려줬을 텐데.'

상념은 거기까지였다.

신희현과 김경수의 몸에 각각 3개와 6개의 붉은 점이 생겼다. 아까와 마찬가지로 역시 삼각형의 형태.

'맞으면 죽는다.'

초월자고 뭐고 일단 맞으면 즉사다. 스쳐도 죽는다. 그게 저 레드 드래곤 브레스의 권능이니까. 그보다 상위 등급의 권능이 없으면 그냥 목숨을 내놓는 거다. 그러니까 이렇듯 미리 경고라도 주는 거겠지.

레드 드래곤이 입을 크게 벌렸다.

그 사이.

"일격필살!"

라비트가 공격을 계속해서 이어가고 있었고 정령왕들의 공격도 레드 드래곤의 두꺼운 비늘을 뚫고서 H/P를 조금씩 떨어뜨리고 있었다.

레드 드래곤의 입 바로 앞에 붉은색 마법진 같은 것이 생기는가 싶더니, 그 주변에 화염이 일렁거렸다. 화염이 소용돌이치듯 마법진을 감싸 안고 맹렬히 회전하다가 아홉 다발의 브레스를 토해냈다.

'색깔은.'

아주 짧은 사이 색깔을 확인했다.

'모두 붉은색.'

아직 화가 덜 난 것 같았다.

신희현은 몸을 마구 던졌다. 빛의 성웅이 가진 위신이나 위엄 같은 건 전혀 찾아볼 수 없었다. 살기 위한 몸부림. 딱 그렇게 보였다.

신희현은 세 다발의 브레스를 피해냈다.

'좋았어.'

한 가지 사실도 확인했다.

정작 도발을 한 사람은 신희현인데 여섯 다발의 브레스는 김경수에게 향했다.

'과거에도 그랬지.'

김경수에게 브레스가 향했었다. 아마도 김경수가 자동적으로 어그로를 끄는 힘이 있든가, 브레스가 '탱커로서의 능력이 가장 뛰어난 플레이어를 우선적으로 공격하는 성질'이 있는 거라고 신희현은 유추했다.

"병신 같은 도마뱀 놈이 자기 애완동물도 못 지키고, 아주 발광을 하는구나? 그따위 공격밖에 못 하니 그런 꼴을 당하는 거다, 멍청아."

그리고 또.

"일격필살!"

라비트의 공격이 크리티컬 샷을 토해냈다. 그때, 레드 드래곤의 몸이 움찔했다. 라비트의 600콤보가 드디어 효과를 발휘하기 시작한 거다.

'좋다.'

여차하면 로자리오를 꺼낼 생각까지 했다. 비록 1회에 불과하지만 뱀파이어의 제왕의 힘은 레드 드래곤의 힘에 결코 뒤떨어지지지 않을 테니까. 하지만 그럴 필요까지는 없어 보였다.

'일단 한번 신경 쓰이기 시작하면…… 점점 더 신경 쓰이게 되겠지.'

아주 작은 공격이고 국소 부위에 한정된 공격이지만 그것이 계속 중첩되고 있다. 커다란 두 적을 상대하면서 짜증 나는 공격도 하나 있고 거기에 인간 놈 하나가 속을 아주 박박 긁었다.

그리고 신희현은 과거와 똑같은 현상을 발견했다. 이제 확실히 알았다. 저게 전조 현상이다.

김경수에게 말했다.

"김경수, 레드 드래곤의 비늘이 끓고 있다."

김경수도 보였다. 비늘이 마치 액체인 것처럼 보글보글 끓고 있었다. 그런데 저게 무슨 상관이란 말인가.

"놈이 지나치게 흥분해서…… 초열지옥의 영향을 받고 있는 거다."

물론 저것 자체는 레드 드래곤을 죽이지 않는다. 기본적으로 초열지옥은 놈의 몬스터존 중 일부이며 레드 드래곤에게 매우 우호적인 공간이니까.

'하지만…….'

과거에도 그랬었다.

검은색 브레스를 쏘아내기 전.

'아마도 블러드 보일 현상을 없애는 방편이었겠지.'

이제야 모든 그림이 다 그려졌다.

"검은색 브레스가 발현되면 권능을 사용해서 막는다."

"……예?"

나는 권능에 대해서 말한 적이 없는데.

김경수는 고개를 갸웃했다. 애초에 그 누구에게도 말을 한

적이 없다. 그런데 어떻게 알고 있단 말인가.

신희현은 그 아주 잠깐의 머뭇거림에서 확신할 수 있었다. 이제 더 이상 긴가민가하지 않았다.

엘렌도 그 모습을 놓치지 않았다. 그녀의 날개가 바들바들 떨렸다. 그녀는 알고 있었다.

'본격적으로 사기를 치신다!'

엘렌의 생각은 맞았다. 일단 갈피를 잡았다.

신희현이 말을 이었다.

"반사에 관한 권능 있잖아."

"……."

그래, 권능이 없다면 모를까 이미 있다면 무조건 그거겠지. 탱커 중의 탱커, 탱중탱 김경수니까.

"그걸 어떻게……."

"지금 그게 중요한가? 곧 브레스가 토해진다. 검은색 브레스는 방어가 가능해. 레드 드래곤을 죽일 수 있는 유일한 길이다, 네 권능이."

김경수가 머뭇거리고 있는 것에 대한 이유도 정확하게 캐치했다.

"그만큼 큰 제약이 있겠지만."

권능 사용에는 마력 소모도, 체력 소모도 들지 않는다.

그럼에도 김경수가 이토록 머뭇거리고 있다는 건 그 외 다른 제약이 있는 거겠지.

이를테면.

"사용 제한처럼."

"……."

김경수는 망치로 머리를 한 대 얻어맞은 것 같은 기분이 들었다. 어떻게 저런 제약까지도 술술 맞힌단 말인가.

실제로 그에게는 제약이 있었다. 1일 1회도 아니고, 1년에 1회만 가능한 절대 방어 권능이 있었다.

레드 드래곤이 앞발을 크게 휘둘렀다.

"모두 죽여 버리겠다!"

신희현이 황급히 말을 이었다.

"하나만 생각해. 이것 외에 다른 방법으로는 잡을 수 없는 몬스터다. 그에 대한 보상이 결코 적지 않을 거다."

곧이어 레드 드래곤이 브레스를 토해냈다. 유독 하나가 검은색이었다.

김경수에게 향한 검은색 브레스.

김경수는 '절대 방어'라고 외치며 자신의 권능을 발현했다. 그의 오른팔에 들려 있는 거대한 방패에 부딪힌 검은색 브레스는 그대로 되돌아가 레드 드래곤의 배를 관통했다.

레드 드래곤이 쿠오오오-! 하고 울부짖었다. 미친 것처럼 여기저기 아무렇게나 브레스를 토해냈다. 그러나 그 브레스는 '죽음의 권능'이 담겨 있지는 않았다. 삽시간에 60여 명에 달하는 플레이어가 브레스에 얻어맞고 괴로워했지만 죽지는 않았다.

레드 드래곤이.

"앱솔루트 리커버리."

라고 스킬명을 외쳤지만 레드 드래곤의 배에 뚫린 검은색 구멍은 점점 더 그 크기를 키워갈 뿐이었다.

"일격필살!"

어느덧 1,000콤보를 넘었다.

신희현은 확신할 수 있었다. 지금 1,000콤보를 넘은 라비트의 공격이 지금 레드 드래곤의 스킬 발현을 방해하고 있었다. '앱솔루트 리커버리'라는 힐이 제대로 작용하지 않고 있었다.

"일격필살! 좀 죽으시오! 땀이 나지 않소! 덥단 말이오!"

정령왕들의 공격이 휘몰아쳤다.

'힘들다.'

신희현도 힘들었다. 리미트 브레이커 덕분에 아무리 제 힘을 끌어내 쓴다 해도, 본격적인 공격이 아닌 불의 정령왕을 돕고 있는 역할을 한다고는 해도, 바람의 정령왕을 이렇게 부리고 있는 건 체력적으로 많이 힘들었다.

'하지만…… 끝이 보인다.'

다행히 끝이 보였다. 검은색 브레스가 레드 드래곤의 몸을 계속해서 갉아먹고 있었고, 라비트가 힐이 발동하지 않게 계속해서 크리티컬 샷을 띄워내고 있었다.

플레이어들의 얼굴에 희망의 꽃이 피어올랐다.

'이길 수…… 있겠다.'

절망이 사그라졌다. 사기가 끓어올랐다. 신희현이 크게 외쳤다.

"흥분하지 마. 블러드 보일 현상을 잊지 마라!"

"이 버러지 같은 새끼들이!!!"

레드 드래곤의 브레스 때문에 수많은 사상자가 났지만, 그래도 결국 시간이 흘러 레드 드래곤의 H/P가 0까지 떨어져 내렸다.

결국 플레이어들의 승리로 레드 드래곤 레이드가 끝이 난 것이다.

[레벨이 올랐습니다.]
[레벨이 올랐습니다.]
[레벨이 올랐습니다.]

신희현의 레벨도 3이나 올랐다.

다른 플레이어들의 경우는 더 많이 올랐을 거다.

[축하합니다!]
[초열지옥을 클리어하였습니다!]
[노블레스 등급 클리어로 인정됩니다.]

과거에도 이랬다. 노블레스 등급 클리어였다. 그 당시만
해도 노블레스쯤 되면 '엄청난 등급의 클리어'였다. 지금 신
희현이 그보다 상위 등급의 클리어에 익숙해져 있는 게 원래
는 이상한 거다.

[보상을 산정합니다.]

보상 산정 시간이 그리 오래 걸리지 않았다.

['레드 드래곤의 심장 한 조각'이 주어집니다.]

아마도 보상 자체가 이미 정해져 있기 때문일 것이다.
신희현은 순간적으로 판단을 내렸다.
'지금 이 타이밍에 이렇게 빨리 이것이 주어졌다는 것
은…….'
아주 빠른 1초의 판단과 결단이 수많은 생명을 살릴 수도,
혹은 죽일 수도 있다.
'지금이 골든타임이다.'

신희현이 뭔가를 느꼈다. 곧바로 크게 외쳤다.

"지금 당장! 드래곤의 심장을 섭취한다!"

신희현을 절대적으로 믿고 따르는 빛의 성웅 팀과 더불어 수많은 플레이어가 묻지도 따지지도 않고 드래곤의 심장을 먹었다. 이유는 몰랐지만.

신희현의 귀에 알림이 들려왔다. 이미 예상했던 알림도 있었고, 전혀 예상하지 못했던 알림도 있었다.

4장
각성

소년의 목소리가 들렸다.

-짜자잔! 깜짝 놀랐지!

플레이어들을 놀리는 것 같은 목소리였다.

초열지옥의 보스 몬스터 레드 드래곤을 잡아서 그곳이 클리어된 건 좋다. 그런데 초열지옥이 클리어되자마자 초한폭포가 갑자기 열리게 될 줄은 몰랐다.

-많이 많이 추울 거야! 오홍홍홍!

신희현이 드래곤 심장 한 조각을 바로 먹어버린 이유도 여기에 있었다.

"어…… 어억……! 몸이……!"

플레이어들의 몸이 얼어붙기 시작했다.

'이미 늦었어.'

저들을 살릴 방법은 없다. 물론 퓨리어스를 사용하면 살릴 수도 있겠지만 이제 겨우 두 병 남은 퓨리어스를 얼굴도 모르는 저들을 위해 사용할 생각은 없었다.

플레이어 한 명이 절규하듯 외쳤다.

"몸이…… 몸이 얼고 있다!"

살려달라고 외쳤다. 손끝에서부터 조금씩, 조금씩 얼음화가 진행됐다. 이른바 동결 현상이다.

초열지옥 내 드래곤의 브레스가 죽음의 권능을 가지고 있었다면 이 초한폭포의 추위 역시도 죽음의 권능을 가지고 있는 셈이다.

'이렇게 바로 튀어나올 줄이야.'

최후의 던전이 제아무리 제멋대로인 던전이라 할지라도 이렇게 큰 관문 하나가 끝나자마자 다음 큰 관문을 보여줄 줄은 몰랐다.

풍경이 어느새 완전히 변해버렸다. 눈보라가 몰아치는 설원이었다.

—생각보다 너무 조금 죽었는걸? 드래고니고니의 심장의 그렇게 빨리 먹어치울 줄이야! 쳇, 너무너무 아쉬워.

신희현은 인상을 찡그렸다. 저 목소리, 굉장히 거슬렸다.

김상목이 보고를 올렸다.

"약 40명이 죽었습니다."

드래곤의 심장이 이 초한폭포의 동결 현상에 저항할 수 있도록 해줬건만, 저항력이 낮거나 섭취를 못 한 플레이어 40명이 이 자리에서 즉사했다.

그리고 죽어가고 있는 플레이어들도 있었다. 한 여자 플레이어의 하반신이 얼어붙고 있었다. 동결 현상이 급속도로 진행되고 있었다. 발끝에서부터 시작된 동결화가 무릎을 타고 허벅지를 향해 올라가고 있는 중.

"사, 살려주세요!"

"신영아!"

아마도 여자의 이름은 신영인 것 같았다. 한 남자가 황급히 망치를 꺼내 들어 신영이란 여자 플레이어의 허벅지를 쳤다. 플레이어들이 고개를 돌렸다.

와장창!

얼음 깨지는 소리와 함께 하반신이 박살 났다. 여자 플레이어는 멍한 표정을 지었다. 박살 난 자신의 하반신을 쳐다봤다. 그녀가 본 자신의 하반신은 그냥 얼음덩어리였다.

"안 아파……."

그게 너무 무서웠다.

"하나도…… 안 아파……."

미쳐 버릴 것 같았다.

"제기랄! 이런 씨팔!!!"

망치를 휘둘렀던 플레이어가 오열했다. 동결화가 진행되고 있는 신체라도 부숴서 어떻게든 살려보려고 했는데 그건 불가능했다.

그가 목이 찢어져라 외쳐 댔다.

"이 개씨팔 새끼야!!!!"

그걸 비웃기라도 하듯.

─오홍, 안 아프다니 좋겠다. 아픈 건 싫잖아.

목소리가 들려왔고 신영이란 플레이어는 어느새 동결화가 끝나 버렸다. 얼음 동상이 되어버렸다. H/P 역시 0으로 표기됐다. 죽은 거다.

그때, 신희현에게는 다른 알림이 들려왔다.

[드래곤의 심장이 신체에 작용합니다.]

과거에도 먹은 적이 있었는데 이런 특별한 알림은 들려오지 않았었다.

'뭐지?'

공간이 바뀌었다.

신희현이 주위를 둘러봤다.

'침착하자.'

침착하지 않으면 될 것도 안 된다. 일단 상황부터 파악하기로 했다.

"엘렌, 여기는?"

"최후의 던전을 벗어난 특별한 시공간인 것 같습니다. 별개의 공간입니다."

"시간의 흐름은?"

"파악할 수 없습니다. 죄송합니다."

알림이 들려왔다.

[드래곤의 심장이 각성의 촉진제로 작용합니다.]

각성이란다. 무슨 소린지 알 수 없었다.

[각성 과정은 최후의 던전과 독립된 새로운 공간에서 진행됩니다.]

그런 건 아무래도 좋았다.

자신이 없는 최후의 결사대는 생각할 수 없었다. 다른 건 몰라도 가족들과 민영이가 있었다. 돌아가야 했다. 제아무리 노련한 길잡이인 신희현이라도, 타인의 죽음에 무감각하기까지 한 신희현이라도 제 옆의 사람을 지킬 수 없다는 무력감은 그를 조급하게 만들었다.

'젠장, 빨리 돌아가야 하는데.'

그의 속마음을 아는지 모르는지 알림이 이어졌다.

[각성에 필요한 요소를 확인합니다.]

각성에 필요한 요소란다.

'각성……?'

이런 거, 전에는 전혀 몰랐다. 권능부터 시작해서 각성까지 그가 몰랐던 것들이 진행되고 있었다.

[시스템은 본 각성을 '제왕 각성'이라 명명합니다.]

그리고 놀랍게도.

['제왕의 발톱'을 확인합니다.]
[제왕의 발톱이 소멸합니다.]

그 각성의 이름이 '제왕 각성'이었으며 그가 초창기에 얻었던 아이템인 '제왕의 발톱'이 소멸되었다. 이 제왕의 발톱이라는 것이 제왕 각성의 필수 요소였던 모양이었다.

[본 각성의 과정은 통증을 수반합니다.]

그와 동시에 신희현은 비명을 질렀다.

"크아아아악!"

전에도 이런 비슷한 고통을 느낀 적이 있었다. 성웅의 증표를 받아들일 때에도 이런 괴로움을 느꼈었다.

바닥을 마구 긁었다. 몸을 쥐어뜯고 바닥을 떼굴떼굴 굴렀다.

[불굴의 의지 +7이 저항합니다.]

신희현은 그 알림조차도 제대로 듣지 못했다. 불굴의 의지 +7이 저항하고는 있지만 이 통증은 감히 상상조차 할 수 없는 통증이었다. 제아무리 잘난 신희현이라도 그 고통에서 자유롭지 못했다. 신희현의 고통 유무와는 관계없이 알림은 계속해서 이어졌다.

[앰플러스 네임: 초월자를 확인합니다.]

[앰플러스 네임: 초월자의 권능 각성 유무를 확인합니다.]
[초월자의 권능, 리미트 브레이커를 확인합니다.]

그와 동시에 통증이 더욱 심해졌다.

[불굴의 의지 +7이 일부 저항에 성공하였습니다.]

일부 저항에 성공했으나 고통은 배가 되었다. 아예 실패했다면, 어쩌면 고통으로 인해 정신을 잃었을지도 모를 일이다.

'H/P는…….'

H/P는 줄어들지 않았다. 고통만 느껴지는 것 같았다. 차라리 죽고 싶을 만큼의 고통이기는 했으나 역설적이게도 죽지는 않을 거라는 생각에 안도감이 들었다.

[영웅과 관련한 칭호를 확인합니다.]
[앰플러스 네임: 밝은 빛의 성군이 확인되었습니다.]

영웅과 관련된 칭호인 빛의 성웅이 있었다. 지금은 밝은 빛의 성군이지만.

[군주 칭호의 유무를 확인합니다.]

[아탄티아의 군주 칭호가 확인되었습니다.]

과거로부터 지금까지 많은 과정이 어쩌면 이 '각성 과정'을 위해 존재하는 것이 아닐까 하는 생각까지 들 정도였다.

엘렌은 신희현을 보기 힘들다는 듯 눈을 살짝 감았다.

"신희현 플레이어……."

그녀의 속눈썹이 파르르 떨리고 있었다. 속눈썹 끝이 촉촉하게 젖어 있었다. 그녀는 지금 신희현에게 해줄 수 있는 게 없었다. 그저 옆에서 지켜보기만 할 수 있을 뿐.

알림이 이어졌다.

[마지막 요소를 확인합니다.]

그 마지막 요소는 바로.

[파트너를 확인합니다.]

파트너였다. 신희현도 고통스런 와중에 그 알림을 들었다. 파트너란다. 파트너가 갑자기 왜.

[파트너의 직위를 확인합니다.]

각성 과정에 왜 파트너의 직위가 필요한 건지 알 수 없었다.

[대천사를 확인합니다.]
[대천사의 권능을 확인합니다.]

신희현은 그 순간, 정신이 번쩍 들었다.
'설마……!'
몸을 일으켰다. 어떤 알림이 이어질지 대충 알 것 같았다.

[대천사의 권능, 대리 죽음을 확인합니다.]

어쩌면 이 각성 과정이라는 것은.

[각성 과정에는 1인 이상의 생명이 필요합니다.]

누군가가 각성하기 위해서 누군가의 희생이 필요한 걸지도 몰랐다. 이 빌어먹을 각성이라는 것이 얼마만큼 대단한건지는 모르겠지만 그건 싫었다.

[대리 죽음을 활성화할 수 있습니다.]

머릿속에 띵! 띵! 띵! 띵! 알림이 들려왔다. 머릿속이 터질 것 같았다.

"신희현 플레이어, 저는 괜찮습니다."

사실 지금 당장에라도 대리 죽음을 사용하고 싶었다. 그러면 이 엄청난 고통이 사그라질 것 같은 착각이 들었다.

"나는……."

이미 소중한 사람들을 잃었었다.

'대리 죽음 따위…….'

죽을 것 같지만 죽지는 않는다. H/P는 멀쩡하다. 내가 죽을 위기도 아닌데 죽을 것 같은 고통 때문에 남을 죽인다? 폭군과 다를 게 뭐란 말인가. 새로운 인생을 얻게 된 보람 따위, 없지 않은가.

엘렌의 날개 끝이 아주 미세하게 떨렸다.

'저는…….'

그녀 역시 최후의 보상 HAN을 얻기 위해 신희현과 함께하고 있는 거다.

'그런데 어째서……?'

그런데 뭔가 조금 이상한 기분이 들었다. 자신은 왜 HAN을 얻고자 하는 것일까? 마치 HAN이라는 것을 얻기 위해 프로그래밍 되어 태어난 생물체 같은 느낌이었다.

'나는 왜 HAN을 얻고 싶은 걸까?'

여태까지 인지조차 하지 못하고 있었다. 거기까지 생각이 미치자 삶이 허무해지는 기분까지 들었다.

'나는 왜…… HAN을…….'

알 수 없었다. 삶의 목표를 잃어버린 것 같은 기분이었다.

엘렌이 말했다.

"대리 죽음, 활성화시키셔도 됩니다."

신희현은 이를 악물고 버텼다. 눈과 귀, 코와 입에서 피가 줄줄 흘러나왔다. 그 모습은 기괴하기까지 했다.

신희현은 대리 죽음을 사용하지 않았다.

'버틸 수 있다.'

아직 그에게는 사용하지 않은 패들이 남아 있다. 정체를 알 수 없는 앱솔루트 포션이 있고, 어쩌면 이 고통을 불태워 버릴 수 있는 '심판의 불꽃'도 가지고 있다. 여차하면 불굴의 의지에 사용할 수 있는 임시 포인트도 갖고 있다. 그뿐이랴. 밝음의 여신 라이나를 1, 2초 정도는 소환할 수 있는 여력도 있다. 죽을 것 같은 고통 속에서도 그는 최후의 패들을 남겨 놓았다.

"신희현 플레이어, 그만 괴로워하십시오."

피눈물을 흘리고 있는 신희현의 몰골을 본 엘렌의 눈에서 기어코 눈물이 흘러나왔다.

"보는 제가 너무 괴롭습니다. 부디 대리 죽음을 활성화시켜 주십시오."

그리고 그때, 기적 같은 알림이 들려왔다.

[축하합니다!]

[불굴의 의지 +7이 상위 등급의 권능으로 업그레이드됩니다.]

[불굴의 의지 +7이 소멸합니다.]

[불굴의 의지 +7이 '제왕의 의지'로 대체됩니다.]

[제왕의 의지는 제왕의 권능입니다.]

불굴의 의지가 아예 등급이 다른 새로운 등급의 새로운 스킬로 다시 태어났다. 아니, 이제는 스킬이 아닌 권능이었다.

고통이 조금씩 사그라지기 시작했다. 알림이 계속해서 이어졌다.

[각성 테스트가 완료되었습니다.]

듣자 하니 화가 날 정도였다.

각성 테스트란다.

[밝은 빛의 성군, 아탄티아의 군주에 걸맞은 행위로 인정됩니다.]

[각성 페널티가 사라집니다.]

고통이 완전히 사라졌다. 언제 아팠냐는 듯 전혀 아프지 않았다. 오히려 몸에 활력이 돌았다.

라이나의 목소리까지 들려왔다.

'결국 해냈네. 아주 독한 놈이야, 독한 놈.'

끌끌.

혀를 차는 소리와 함께였다.

라이나에게 묻고 싶었다. 라이나라면 이 상황이 어떤 상황인지 알고 있을 것 같았으니까. 하지만 라이나는 대답해 주지 않았다. '어차피 곧 알게 될 테니까'라는 말을 끝으로 라이나는 또다시 입을 다물어버렸다.

신희현은 몸을 일으켰다. 말하지 않아도 엘렌은 많이 긴장하고 있었던 것 같았다. 어느새 다리에 힘이 풀려 주저앉은 그녀는 애처로워 보이기까지 했다. 평소 성스러운 8장의 날개는 어미 잃은 아기 새의 날개처럼 바들바들 떨리고 있었다.

'빌어먹을…….'

기쁨보다는 짜증이 치밀어 올랐다. 하지만 속을 다스렸다.

'라이나도…… 조만간 이것에 대해 다 알 수 있게 된다고 했다.'

최후의 던전을 완전히 클리어하고 나면 다 알 수 있게 될 거다. 신희현은 엘렌을 일으켜 줬다.

"엘렌, 나는 너를 버리지 않아."

"……."

엘렌은 아무런 대답도 하지 못했다. 그녀의 어깨가 바들바
들 떨리는 게 보였다.

[제왕 각성이 완료되었습니다.]
[앰플러스 네임: '제왕'이 생성됩니다.]

거기서 끝이 아니었다.

[각성의 방을 탈출합니다.]

원래 있던 곳, 그러니까 초한폭포로 이동될 것 같았다.
'그사이에…… 아무 일도 없었을 거야.'
반드시 그래야만 했다.
'제발.'
앰플러스 네임, 제왕이 활성화된 것 자체에는 큰 감흥이
없었다. 그것이 어떤 권능과 힘을 갖고 있는지에 집중할 겨
를이 없었다.

추위가 느껴졌다. 눈보라가 몰아쳤다. 풍경이 변했다.
'민영아…….'
주위를 둘러봤다.

'초한폭포가 맞기는 맞는데.'

맞기는 한 것 같은데 플레이어들이 보이지 않았다. 공간은 독립적이었지만 시간은 독립적이지 않았던 것 같다.

'제기랄.'

어디에 있는 거냐.

'찾는다……!'

그는 길잡이다. 흔적을 찾는 것에 그 누구보다도 특화되어 있다. 하지만 상황이 녹록치는 않았다. 눈보라가 워낙 심하게 불어서 흔적이 남아 있지 않은 까닭이었다. 다만, 단서는 있었다.

'민호 형과 찬영이 형이 있다.'

탁민호와 임찬영이라는 든든한 길잡이가 있는 이상, 아주 엉뚱하고 이상한 길로 가지는 않았을 거다.

분명 이유가 있는 타당한 길. 클리어에 가까운 길로 갔을 거다. 원래 이곳을 클리어했던 것도 신희현 자신이 아닌 그들이었지 않은가. 더 정확히 말하자면 그들과 홍경식이었다.

'그들이라면…….'

내가 만약 그들이라면 어떤 길로 플레이어들을 인도했을까?

그것을 생각해 보면 답은 그리 어렵지 않았다.

'바람을 등지고.'

체력 안배를 위하여.

'다만…… 물의 흐름을 따라.'

방향을 잡았다.

이곳은 초한폭포다. 최소한의 단서는 거기에 있는 거다.

폭포를 찾아서.

강유석이 있으니 물을 찾아내는 것은 어렵지 않을 터.

그런데 그때, 알림이 들려왔다.

[앰플러스 네임: 제왕 효과가 적용됩니다.]

[권능, '제왕의 길'이 발현됩니다.]

신희현의 눈에 길이 보이기 시작했다.

녹색으로 보이는 선.

'이건…….'

신희현이 잡은 방향과 거의 일치했다.

"엘렌, 이 권능은?"

"신희현 플레이어께서는 앰플러스 네임을 획득하셨습니다. 이는…….."

"……."

엘렌이 잠시 말을 멈추었다. 그녀도 믿을 수 없다는 표정이었다.

"이는…… 임페리얼 노블레스 등급의 앰플러스 네임이며 플레이어가 취득할 수 있는 이름 중 가장 위대한 이름입니다."

"……."

신희현은 고개를 끄덕였다. 대단한 거라고는 이미 예상하고 있었다. 여태까지의 모든 행보가 결국은 이 '제왕'이라는 것을 향해 이어지고 있었던 게 아닐까 싶을 정도로 모든 것이 맞아떨어졌으니까. 특히나 아탄티아 때부터는 '자질을 평가한다'라는 내용의 퀘스트가 주를 이루었다. 그 모든 시험을 통과하여 얻어낸 앰플러스 네임이다. 대리 죽음이라는 달콤한 유혹까지 뿌리치고서 말이다.

'빛의 성웅부터 시작해서…….'

사람들의 인식 속에서 실제로 성웅이 되었고 성웅을 지나 성군이 되었으며 군주가 되었다.

'그리고 결국 이것의 끝은.'

그랬다. 이 길의 끝에는 '제왕'이라는 얼토당토않은 소년 만화에서나 나올 법한 거창한 이름이 기다리고 있던 것이었다.

[권능, '제왕의 의지'가 발현됩니다.]

신희현 주변의 눈보라가 멈췄다. 그리고 공기가 따뜻한 봄날씨처럼 느껴졌다. '불굴의 의지 +7'보다 상위 단계의 권능이라더니, 그게 맞는 것 같았다. 앰플러스 네임의 효과들이 조금씩 적용되는 것 같았다. 그러나 지금 당장 그것들을 파악하는 것보다는 플레이어들을 찾는 게 더 중요했다.

'민영이를 찾는다.'

희아도, 강철이도, 강유석도 모두가 그에게는 소중한 사람이 된 지 오래다.

걸음을 옮겼다.

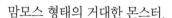

맘모스 형태의 거대한 몬스터.

쿵!

커다란 소리와 함께 쩌적-! 금이 생겨났다.

"으, 으어억!"

거미줄처럼 생겨난 금들은 이내 크레바스(*빙하가 갈라져서 생긴 좁고 깊은 틈)처럼 변해버렸다.

플레이어 몇이 그 안으로 빨려 들어갔다.

김상목이 쌍검을 고쳐 쥐었다.

'성가신 새끼……'

까딱하면 어그로가 튄다. 어그로가 튀어 저 크레바스를 만들면 플레이어 몇이 무조건 밑으로 떨어져 내렸다. 희생자가 벌써 12명이나 나왔다.

신희현은 이전에 본 적이 있는 몬스터였다. 바로 크레바스 맘모스. 더 정확히 말하자면 크레바스 맘모스보다 조금 작은 형태로, 신희현이 봤다면 '작은 크레바스 맘모스' 정도로 부를 법한 몬스터였다.

누군가 검을 내지르면서 울분을 토해냈다.

"그 씨발 새끼를 믿는 게 아니었다!"

빛의 성웅? 그딴 거 개나 주라지.

세력의 중심축이었고 플레이어들의 의지 대상이었던 빛의 성웅이 갑자기 사라져 버렸다. 플레이어들은 당황했다.

플레이어들은 빛의 성웅을 욕했다.

"처음부터 구린내가 났어."

"성웅이니 뭐니, 그게 말이 돼?"

"결국은 이기적인 새끼였다고."

많은 플레이어가 신희현에게서 등을 돌렸다. 그들 입장에서는 그럴 법했다. 초한폭포, 이곳에 플레이어들을 버려두고 갑자기 모습을 감추었으니까.

원망과 분노의 화살은 강민영을 비롯한 빛의 성웅 팀에게도 가해질 뻔했다.

"저 새끼들도 한패 아냐?"

"야, 입 조심해. 쟤네 레벨 몇인지 알고나 하는 소리야?"

만약 레벨 절대 룰이 없었다면 빛의 성웅 팀은 신희현이 사라진 것에 대한 보복으로 플레이어들의 공격을 받았을지도 모를 일이었다.

플레이어들은 맘모스와 처절한 사투를 벌였다. 그건 강민영도 마찬가지였다.

"불 폭풍!"

그녀의 마법진에서 붉은 화염이 일렁거렸다. 그러나 이곳은 초한폭포. 평소의 위력이 나오지 않았다.

'오빠…….'

수많은 플레이어가 빛의 성웅을 손가락질했다. 사기꾼 새끼라고. 이 많은 플레이어를 두고 어디론가 좋은 것을 독식하기 위해 도망쳤다고. 그렇게 욕을 했다. 하지만 강민영은 믿었다.

'오빠가 그럴 리 없어.'

맹목적인 믿음이었다.

만약 반대 상황이었다면? 자신이 신희현이었다면?

'분명 어떤, 피치 못할 사정이 있을 거야.'

단순히 그렇게 넘기기에는 상황이 많이 안 좋기는 했다.

강동훈이 가까이 다가왔다.

"민영 씨, 힘을 합치죠."

강동훈의 권능에도 사용 제한이 있는 듯했다. 불의 정령왕을 부릴 수 있는 권능의 시간이 끝났고, 그 역시 강유석과 마찬가지로 상급 정령을 소환하여 맘모스와의 전투를 이어 갔다.

강현수가 임찬영에게 말했다.

"아니, 지금 싸우는 게 답이 아니라니까요. 아름다운 길을 찾아야 합니다."

"노력하고 있어요."

이 엄청난 추위 속에서 맘모스와 싸우는 건 여러모로 좋지 못했다. 어딘가에 분명 단서가 있을 거다. 더 편한 길이 있을 거다. 그는 그걸 찾아야 했다.

행운의 대명사로 불리는 강현수도 '아름다운 길'을 찾아야 한다고 주장했다. 그 말은 곧, 맘모스와 정면으로 싸우지 말라는 소리였다.

그사이, 또 누군가가 맘모스가 만들어낸 크레바스 아래로 떨어져 내렸다.

"크아악!"

땅이 울렸다. 기분 탓인지는 몰라도 눈보라가 더욱 거칠게 몰아쳤다.

초열지옥의 '블러드 보일'이 무서운 현상이었다면 이곳의 '동결 현상'도 만만치 않았다. 레드 드래곤의 심장을 섭취해서 살아남았다고는 하지만, 그 효과가 언제까지 지속될지는 모르는 일이었다.

강민영은 마력을 끌어올렸다.

'오빠는 반드시 올 거야.'

그녀는 신희현을 믿었다.

'내가 할 일은……..'

그때까지 버티는 것이었다. 그녀가 아는 신희현이라면, 그녀가 아는 내 남자라면 분명 어떤 길을 보여줄 테니까.

'기다리고 있을게.'

무사히 기다리고 있을 테니까.

'빨리 와줘.'

그때, 어그로가 튀었다.

탱커장 김경수가 외쳤다.

"제기랄! 어그로 당장 잡았!"

하필이면 맘모스의 눈길이 향한 곳은 강민영을 비롯한 원거리 딜러들이 있는 곳이었다. 힘을 응집하기 위해 진을 이루어 모여 있었다. 거기에 강민영과 강동훈은 같은 마법진 내에서 힘을 쏟아내고 있던 중. 김경수는 자신의 왼쪽 어깨를 자신이 상대하고 있던 맘모스의 상아에 내줬다.

푸욱!

섬뜩한 소리가 들렸다. 상아에 꿰뚫린 왼쪽 어깨에서 피가 철철 흘러내렸다. 하지만 김경수는 아랑곳하지 않았다. 지금 중요한 건 그게 아니었다.

"이런 씨팔!"

이 상황에서 원거리 딜러진이 무너지면 맘모스들을 상대할 수가 없게 된다.

뿌오오오오-!

맘모스가 코끼리와 비슷한 형태의 울음소리를 냈다. 코를 높이 들어 올렸다. 탱커장 김경수는 알고 있다. 저건 지금 돌진하겠다는 신호다.

김경수는 왼쪽 어깨를 내주고 놈에게 달려들었다. 급한 대로 방패를 집어 던졌다.

"서클 실드!"

그의 방패가 맹렬히 회전했다. 은빛 궤적을 그리며 맘모스에게 날아갔다. 이쪽으로 어그로를 당겨오기 위한 몸부림이었으나 소용없었다.

맘모스가 원거리 딜러진을 향해 돌진했다. 강민영도 그 모습을 봤다.

'저지하기는 힘들어.'

원거리 딜러진이 지금 총공세를 퍼부어도 저놈을 죽일 수 있을 것 같지는 않았다.

'나는 어떻게 해야 하지?'

머리가 차갑게 식었다.

'오빠라면 어떻게 했을까?'

두려운 건 맞지만 신희현이라면 반드시 길을 찾아냈을 거다.

쿵! 쿵! 쿵! 쿵!

맘모스가 달려들었다.

신희현이 녹색길을 따라 뛰었다. 초한폭포의 한기는 그에게 영향을 끼치지 못했고 그의 몸 상태는 완전히 정상이었다. 가벼워서 날아갈 것 같았다.

어느 순간, 녹색길이 갑자기 붉은색으로 보이기 시작했다. 오랜만에 TIP 알림도 들려왔다.

[TIP: 제왕의 길은 초감각과 연계하여 사용할 수 있습니다.]

지체하지 않았다. 달리면서 사용했다.

[제왕의 권능이 초감각과 연계합니다.]
[제왕의 길이 위험을 감지합니다.]

뭔가 좋지 않은 일이 벌어지고 있는 것 같은 불길한 느낌이 들었다. 이건 순전히 감이었다. 괜히 불안한 느낌. 하지만 신희현은 이 느낌을 무시하지 않았다.

"루시아 소환."

마법진이 그려졌다.

'평소와…… 다르다?'

달랐다. 알림이 이어졌다.

[앰플러스 네임: 제왕을 확인합니다.]

[앰플러스 네임의 효과로 소환 영령의 등급이 한 단계 상향 조정됩니다.]

[영웅급 소환 영령 루시아, 노블레스 등급으로 상향 조정이 완료되었습니다.]

루시아가 모습을 드러냈다. 붉은색 머리카락과 아름다운 모습은 그대로인데, 그녀의 몸에서 은은한 붉은 기운이 새어 나왔다.

"위험을 감지하였습니다."

신희현의 눈에는 아무것도 보이지 않지만.

"저격을 시작하겠습니다."

저격수의 눈에는 뭔가가 보이는 것 같았다. 이 험난한 눈보라 사이로 말이다.

"시작해."

뭔지는 몰라도 일단 시작했다.

루시아가 거대한 라이플을 소환했다. 그녀는 눕지도 않았다. 제 몸보다도 훨씬 거대한 라이플을 견착하여 서 있는 모습은 완전히 비현실적이었다.

"스킬 사용을 허가하여 주십시오."

소환 영령의 등급 자체가 올라갔다. 그녀에게도 큰 변화가 있는 듯했다.

그녀의 발밑에 붉은색 마법진이 생겨나 빙글빙글 돌기 시작했다. 마법진이 붉은빛을 뿜어냈다.

"스킬 사용을 허가한다."

교감을 통해 느껴졌다. 크레바스 맘모스라 짐작되는 무언가가 강민영을 향해 달려들고 있었다.

루시아의 눈을 통해 본 상황은.

'제기랄!'

굉장히 위험했다.

[스킬, 인피니티 샷을 사용합니다.]

루시아의 라이플에서 거대한 총성이 연속해서 터져 나왔다.

투다다다닷-!

화약 냄새는 나지 않았다. 루시아가 쏘아낸 총탄이 붉은색 궤적을 그리며 눈보라를 뚫었다. 그녀의 등 뒤로 눈보라가 일었다. 총탄이 남긴 궤적에서 열이 피어올랐다. 주변의 눈보라가 증발해 버렸다. 안개를 뚫어버린 것처럼.

저만치 멀리, 신희현의 눈에도 뭔가가 보였다.

루시아가 말했다.

"추가 공격을 감행하겠습니다, 오빠."

그 상황에서도 호칭은 포기하지 않았다.

루시아가 그 자리에서 다시금 스킬을 사용했다.

신희현은 교감을 통해 루시아의 눈으로 저쪽 상황을 쳐다
봤다. 그동안 수없이 사기(?)를 자행해 왔던 신희현조차도 입
을 쩍 벌렸다.

'미친…….'

5장
제왕의 능력

신희현의 눈에 보인 것은 총탄에 몸에 꿰뚫린 맘모스였다. 원거리 딜러진이 있는 쪽, 그러니까 강민영을 향해 미친 듯이 달려가던 맘모스 하나가 몸에 구멍이 숭숭 뚫린 채 쓰러져 있었다.

신희현은 그것 때문에 놀란 게 아니었다.

'노블레스 등급의 소환 영령이…….'

이 정도의 힘을 가지고 있었나 싶었다.

그 몬스터는 크레바스 맘모스와는 약간 달랐다. 전체적인 크기가 조금 작았다. 코도 짧고 투박했다. 크레바스 맘모스 특유의 위풍당당한 모습과 기세가 없었다. 크레바스 맘모스의 아류 정도 되는 것 같았다.

어쨌든, 진짜 크레바스 맘모스는 아니라 할지라도 이 짧은 시간에 놈을 쓰러뜨렸다. 거기까진 좋다.

'상처가 점점 벌어지고 있다.'

이것은 마치.

'레드 드래곤의 브레스와 비슷해.'

그랬다. 레드 드래곤의 브레스 공격. 죽음의 권능이 담겼던 그 공격 말이다. 그처럼 완벽한 권능이 담긴 것은 아니었으나 원리 자체는 그와 비슷한 것 같았다.

수백 개의 구멍이 뚫린 맘모스는 자리에서 일어서지 못했다.

투다다닷-!

총성이 연속해서 터져 나왔다. 맘모스들의 몸에 벌집 같은 구멍을 내놨다.

쿵!

맘모스 하나가 중심을 잃고 쓰러졌다. 탱커장 김경수는 힐을 받으면서 입을 쩍 벌렸다. 이런 공격, 분명 본 적 있다. 그도 익히 알고 있는 신희현의 소환 영령 루시아의 원거리 공격이다.

그런데 이 정도의 위력을 가지고 있었나? 그건 아니었던 것 같은데.

김경수의 왼쪽 어깨를 꿰뚫었던 놈 역시 중심을 잃고 무너져 내렸다.

김경수가 명령을 내렸다.

"공격!"

루시아가 갑자기 엄청나게 강해진 건 둘째 문제다. 지금 그녀는 맘모스들을 죽이는 데 전력을 투자하고 있지 않았다. 그녀는 지금, 맘모스들을 행동 불능에 빠져들게 만들고 있었다. 저 성가신 크레바스를 만들지 못하도록 일단 쓰러뜨려 놨다.

김경수는 눈치챘다.

'상처가 점점 커지고 있다. 마치…… 레드 드래곤의 브레스처럼.'

루시아 한 명이 지원을 나왔을 뿐인데 전세는 순식간에 역전됐다.

'어디서 공격하는 거지?'

붉은색 궤적이 남아 있었다. 안개를 뚫고 온 것처럼 총탄의 길이 남아 있기는 한데 신희현의 모습은 그 어디에도 보이지 않았다.

플레이어들은 흥분했다.

"죽어버려, 이 개새끼들아!"

방금까지 자신들을 죽음의 위기로 몰아넣던 놈들이다. 개중에는 지인 혹은 친구를 잃은 플레이어도 있었다. 그들이 흥분하는 건 어찌 보면 당연한 일일지도 몰랐다.

신희현의 귀에 알림이 들려왔다.

[레벨이 올랐습니다.]

귀를 의심해야만 했다.

'레벨이 올랐다고?'

맘모스를 잡았는데 레벨이 오른다?

원래는 있을 수 없는 일이다.

그때 엘렌이 말했다.

"신희현 플레이어는 현재 제왕으로 각성한 상태입니다."

"그게 레벨 업과 연관이 있어?"

"제왕의 특전입니다. 임페리얼 노블레스 등급의 앰플러스 네임을 얻은 특전으로 레벨 700까지의 특전 구간이 주어집니다. 시간은 24시간입니다. 첫 몬스터를 사냥한 이후로 시작됩니다. 앞으로 23시간 54분 남았습니다."

머리가 멍해졌다. 아무리 미친 듯이 몰이사냥을 해도 오르지 않던 레벨인데 이제 아주 쉽게 오른단다. 그것도 레벨 700까지.

'이런 사기적인 특전이 있어도 되는 건가?'

……싶을 정도였지만 신희현은 이내 깨달았다. 이미 그의 존재 자체가 사기에 가깝다는 걸 말이다.

'24시간의 특전이라.'

잘만 사용하면 정말로 레벨 700까지 오를 수도 있다. 그의 머릿속엔 이미 계획이 그려졌다.

'삼각지가 나타나기만 하면.'

또 알림이 들려왔다.

[레벨이 올랐습니다.]

엄청난 속도로 레벨이 상승했다. 흡사, 신희현이 플레이 초반 레벨을 올렸던 것과 비슷한 속도였다.

초월자가 된 지금, 이 기회는 잡아야 했다. 어쩌면 HAN을 향해 한 걸음, 아니, 두 걸음 이상 더 가까이 다가간 셈이었다.

대부분의 맘모스가 쓰러졌다.

신희현의 현재 레벨 551. 폭업이라고 해도 좋을 정도였다.

신희현은 걸음을 옮겼다.

'다들 무사하네.'

피해는 제법 있는 것 같았지만 빛의 성웅 팀의 피해는 없는 것 같았다.

'상황이…… 그리 좋지는 않을 거야.'

갑자기 자신이 사라졌다. 일언반구도 없이 말이다. 그 뒤에 커다란 피해가 발생했다. 저들이 생각하기에 자신이 어떤 보상에 눈이 멀어 갑자기 어디론가 모습을 감췄다고 생각할 수도 있다.

이곳은 죽음이 오가는 곳. 예민해져도 이상할 것이 없는 곳이다.

'소환사의 비술.'

그래서 선택했다.

'라비트 소환.'

라비트를 소환했다. 마법진이 생성됐다.

[앰플러스 네임: 제왕을 확인합니다.]
[앰플러스 네임의 효과로 소환 영령의 등급이 한 단계 상향 조정됩니다.]
[영웅급 소환 영령 라비트, 노블레스 등급으로 상향 조정이 완료되었습니다.]

라비트의 몸집이 조금 더 커졌다. 여전히 생쥐였지만 사람의 모습에 조금 더 가까워졌다. 팔 다리가 길어졌고.

"털에서 윤기가 가득하오!"

털에 윤기가 흘러내렸다. 굳이 표현하자면 '잘빠진 생쥐 미남자' 정도 되었다.

"나의 일격필살도 한 단계 진화하였소."

라비트의 말을 들어보니 일격필살이 '검기' 형태로 구현된다고 했다.

"극의를 깨달은 것이오! 나는 행복하오! 양평 치즈 스페셜 에디션을 먹을 때만큼의 기분이오!"

라고 방방 뛰다가.

"……아니, 그래도 양평 치즈 스페셜 에디션이 더 좋소. 그거 짱 좋아하오."

괜히 그거 못 먹게 될까 봐 불안한 꼬마 아이처럼 라비트가 소심하게 덧붙였다.

"양평 치즈 스페셜 에디션, 꼭 더 줘야 하오. 나 그거 아주 아주 좋아하오."

신희현은 피식 웃었다.

걸음을 계속 옮기면서 소환 영령들을 소환했다.

'소환사의 비술.'

다음은 탱커인 마틴.

[앰플러스 네임: 제왕을 확인합니다.]

[앰플러스 네임의 효과로 소환 영령의 등급이 한 단계 상향 조정됩니다.]

[영웅급 소환 영령 마틴, 노블레스 등급으로 상향 조정이 완료되었습니다.]

마틴이 모습을 드러냈다. 어지간하면 표정 변화를 밖으로 드러내지 않는 루시아가 크흠 하고 놀라움을 표시했다.

마틴은 원래 2미터가 넘는 거대한 덩치를 가졌었다. 그 키가 더욱 커졌다. 약 2미터 50에 육박하는 거대한 덩치에 근육이 더욱 부풀어 올랐다.

어린이 마틴이 자신의 상태를 표현했다.

"10살이 된 것 같은 기분입니다. 형님! 어른이 되면 힘이 더 세지겠군요!"

노블레스급 이상의 영령들의 몸에서 은은한 기운이 새어 나왔다.

신희현을 필두로 하여 소환사의 비술을 통해 마력의 소모 없이 소환한 영령들이 양옆에 섰다. 거대한 라이플을 든 루시아와 검사 라비트, 거기에 탱커 마틴까지. 가히 일인군단이라 할 수 있는 전력이었다.

신희현은 일부러 그들을 소환하고 있는 거다.

'잡음이 나지 않도록.'

앞으로 레벨 업 특전 시간이 23시간 정도. 플레이어들을 설득하기 위해 '내가 이래이래 해서 저래저래 했습니다'라며 설명하고 넘어가는 데에 시간을 낭비할 수는 없었다.

물론, 성군의 증표에 악영향이 끼치게 할 생각도 없다.

'소환사의 비술. 피닉스 소환.'

[앰플러스 네임: 제왕을 확인합니다.]

[앰플러스 네임의 효과로 소환 영령의 등급이 한 단계 상향 조정됩니다.]

[노블레스 등급 소환 영령 피닉스. 프리미엄 노블레스 등급으로

상향 조정이 완료되었습니다.]

빛의 새, 피닉스가 하늘로 날아올랐다. 가벼운 빛 폭발을 일으켰다. 살상력을 가진 폭발은 아니었다. 다만, 시야를 가리고 있는 눈보라를 한꺼번에 날려 버렸다. 주위가 진공상태가 되어버린 것 같았다.

저 멀리, 일인군단 신희현이 걸어오고 있는 것을 플레이어들도 발견했다.

"빛의 성웅이다……!"

그들은 묻고 싶은 것이 많았다. 왜 갑자기 사라졌는지.

탁민호와 임찬영은 발견할 수 있었다.

'뭔가가…… 많이 변한 느낌이다.'

정확하게 뭔지는 모르겠지만 길잡이 특유의 감이 말해주고 있었다. 지금 신희현은 그 짧은 순간에 엄청난 변화를 겪고 나타난 것 같았다. 소환 영령들의 모습도 어딘가 모르게 조금씩 달라져 있었다.

하늘에는 피닉스, 양옆에는 소환 영령들. 이를테면 이건 전략적 핵무기 같은 거다.

그래, 나는 평화적인 협상을 원해. 근데 나 핵무기 있다? 말 잘해라, 애들아.

이런 식의 무력시위라 할 수 있는 거다.

거기에 더해.

'소환사의 비술. 여왕.'

여왕까지 소환했다.

[앰플러스 네임: 제왕을 확인합니다.]

[앰플러스 네임의 효과로 소환 영령의 등급이 한 단계 상향 조정
됩니다.]

[프리미엄 노블레스 등급 소환 영령 여왕. 로얄 노블레스 등급으
로 상향 조정이 완료되었습니다.]

여왕이 모습을 드러냈다. 겉으로 모습이 달라진 것은 없었
다. 매혹적인 미소를 지으며 신희현 옆에 섰다.

"서방님, 오랜만에 불러주시는 것 같사와요."

저만치 앞을 한번 훑으며 플레이어들을 봤다.

"소수지만…… 불쾌한 감정을 드러내는 놈들이 있사
와요."

그녀가 웃었다. 어떻게 한 건지는 모르겠지만 플레이어 몇
몇이 제자리에서 풀썩 쓰러졌다.

플레이어들은 깜짝 놀랐다.

"영환아!"

그런데 뭔가 이상했다. 바지, 그러니까 중요한 부분이 있
는 그곳이 잔뜩 젖어 있었다.

"야…… 너…… 왜 그래?"

밤꽃 비슷한 냄새가 났다. 여왕은 시선만으로도 남자들을 사정에 이르게 만든 거다. 그것도 단 한 번이 아니었다. 흰자위를 보이며 침을 질질 흘리고 있는 저들은 괴로워 보이면서도 뭔가 행복해 보였다.

신희현이 인상을 찡그렸다.

'저러다 죽겠어.'

저러다 복상사도 아니고, 사정사(?)시키게 생겼다. 교감을 통해 말했다.

'그만해. 됐어.'

'영혼으로 이어지는 이 기분, 너무나 좋답니다. 감히 제 주군이자 서방님께 불경한 마음을 품은 놈들은 죽여야 마음이 편하겠지만 저는 서방님을 사랑하니까 서방님의 말을 잘 들을 것이어요.'

'어…… 그래.'

서큐버스의 여왕인 그녀가 마음먹고 홀리려 들면 신희현도 위험하겠다 싶어 교감을 끊어버렸다. 여왕이 아무리 아름답고 고혹적이라 할지라도 그에게 있어서 여자는 강민영 하나뿐이었으니까. 그걸 잘 알고 있는 여왕—교감을 통해 신희현의 진심을 다 느꼈다—은 서운해하지 않았다.

"저는 이래서 서방님을 사랑한답니다. 너무나 아름다운 사랑을 하고 계셔요."

라이나는 소환하지 않았다.

신희현이 플레이어들 앞에 도착했다. 온갖 소환 영령이 진을 치고 있는 상황. 누구도 쉽사리 입을 열지 못했다.

신희현이 먼저 입을 열었다. 강민영을 끌어안았다.

"괜찮아?"

"어디 갔다 왔어?"

"갑자기…… 강제 공간으로 이송됐어. 거기 클리어하고 나오니까…… 다시 여기였어."

신희현이 사라졌을 때, 보상을 독식하기 위해 몸을 내뺐다느니 어쨌다느니 분노를 터뜨리던 플레이어들은 입을 다물었다. 그나마 분노하고 있던 플레이어들은 여왕에 의해 죽다 살아났고 나머지는 그 정도로 분노하지는 않았다. 게다가 저 어마어마한 소환 영령들을 앞에 두고 누가 쉽사리 감정을 드러낸단 말인가.

"너한테 무슨 일 있을 줄 알고…… 진짜 열심히 달려왔어."

그 말은 거짓이 아니었다. 임페리얼 노블레스 등급의 앰플러스 네임을 얻었는데도 기쁘지 않았다. 강민영이 어떻게 되었을지도 모르겠단 생각이 들자 그런 건 아무래도 상관없었다.

"늦어서 죄송합니다. 불가항력인 관문의 발생이 있었습니다."

"……."

핵무기 들고서 죄송합니다 하면 누가 불만을 말할 수 있겠는가.

"이런 일이 또 발생할 수 있다는 가정하에 전략을 짜고 움직이겠습니다. 탁민호 씨, 임찬영 씨. 수고하셨습니다. 흔적을 따라왔는데…… 적절한 방향으로 잘 움직여 줬습니다."

신희현이 말을 이었다.

"다시 한번 말씀드리지만, 이곳에는 제 목숨보다도 소중한 여자와 가족들이 있습니다. 제 팀원들이 있습니다. 저 혼자 비겁하게 도망치는 일 따위 하지 않습니다."

김경수가 고개를 끄덕였다.

"저는 신희현 플레이어를 지지합니다."

아니, 이건 지지할 수밖에 없었다. 맘모스 무리를 순식간에 쓸어버렸다. 만약 신희현이 자신들을 전부 버리고 혼자서 클리어하겠다 해도 가능해 보일 정도였다.

지금 이건 선택할 건더기 자체가 없었다. 그가 보기에 신희현은 지금 신희현 나름대로 최대한의 배려를 하고 있는 것이었다. 빛의 성웅답게 말이다.

그때.

쿠구구궁-!

지진이 발생한 것처럼 땅이 울리기 시작했다.

"뭐, 뭐지?"

방금까지 맘모스가 일으키던 작은 지진과 싸우던 플레이어들이라 더 민감하게 반응했다. 신희현은 진동이 느껴지는 곳을 쳐다봤다. 이 울림의 정체를 짐작할 수 있었다.

'왔다.'

마지막 맘모스를 죽일 때, 어느 정도 눈치챘다.

차라리 잘됐다. 루시아의 눈을 통해 눈보라를 뚫고 봤다.

"루시아, 전투준비."

'제왕'이라는 앰플러스 네임을 가진 길잡이. 사실 이쯤 되면 길잡이라 부르기엔 좀 민망하지만 하여튼 길잡이인 신희현이 명령을 내렸다.

"전원, 전투준비."

신희현은 아까의 맘모스들을 보면서 어쩌면 크레바스 맘모스의 새끼일 수도 있겠다 생각했다.

본래 크레바스 맘모스는 7미터 정도. 과거, 절벽 형태의 던전인 켈트 던전 에서 발견했던 히든 던전 고대 동굴에서 맞닥뜨린 적이 있었다.

거기서 맘모스 헌터들을 만났고, 마지막 불의 제단에서 불의 씨앗을 획득했었다. 그 불의 씨앗은 물에 잠긴 고대 도시 아틀렌토의 중앙 제단에서 사용했었고 말이다.

어쨌든 이번에 나타났던 맘모스들은 그 크기가 약 4~5미터 정도로 일반 크레바스 맘모스보다는 작았다. 그래서 어쩌면 새끼가 아닐까 생각했었는데, 그게 맞는 것 같았다. 이번엔 신희현이 알고 있는 크기의 크레바스 맘모스들이 달려오고 있었으니까.

신희현이 스킬명을 말했다.

"교감 커넥션."

한 등급 업그레이드된 소환 영령들이 신희현의 교감 커넥션을 통해 이어졌다. 이제 소환 영령들은 마치 하나의 개체가 된 것처럼 움직이게 될 터.

'마틴, 앞으로.'

마틴이.

"으랏츠아아아앗!"

거대한 기합을 내지르며 앞으로 내달렸다. 탱커장 김경수는 그런 마틴을 뒤따라야 하느냐 말아야 하느냐, 선택의 기로에 섰다.

'우리가 도와야 하나?'

그런데 왠지 안 그래도 될 것 같은 기분이었다.

'아니, 그래도 돕긴 도와야 할 것 같은데.'

그는 탱커들의 리더다. 그는 결정권자이며 결정의 권리와 그에 따른 책임이 있는 사람이다.

'혼자서…… 저 많은 맘모스의 어그로를 잡는 건…….'

그건 불가능해 보였다. 그렇다면 역시 탱커들을 독려하여 어그로를 끌기 위해 움직여야 하는 것 아니겠는가.

'우리도…… 움직…… 응?'

움직이려고 했는데 신희현이 말했다.

"놈들은 제가 사냥합니다."

이제 23시간가량 남은 특전의 시간. 이 특전은 누릴 수 있을 만큼 누려야 하지 않겠는가.

"놈들은 크레바스를 만드는 특수 능력을 가지고 있습니다. 아까와는 비교도 되지 않을 만큼 거대한 크레바스를 만들 것입니다."

최후의 던전에서 나타난 놈들의 레벨은 480대. 초한폭포의 영향으로 레벨 500대 이상의 힘을 발휘할 것이 분명했다.

사실 그건 그런데.

'와라, 경험치들아……!'

엘렌의 날개 끝도 파르르 떨리고 있었다. 그녀 역시 굉장히 상기됐다. 초월자를 넘어서서 레벨 700을 향해 달려가는 파트너의 모습에서 전율 아닌 전율을 느꼈다. 더 정확히 말하자면 마치 숭고한 영웅인 것처럼 앞으로 나서면서 실리를 전부 취하는 저 모습에서 전율을 느꼈다.

[스킬, 속박의 장을 사용합니다.]

마틴 주위로 녹색 마법진이 길게 뻗어져 나갔다. 둥그런 형태의 그것은 지름이 무려 3㎞에 달할 정도였으며 크레바스 맘모스 무리 약 30여 마리에 한꺼번에 영향을 끼쳤다.

김경수는 침을 꿀꺽 삼켰다.

'미친…….'

저 거대한 크레바스 맘모스들이 움직이지 못했다. 움직이긴 움직이는데, 다리에 수천 톤의 추를 달아놓은 것처럼 느릿느릿 움직였다.

'어그로까지 완벽하게 잡혔다.'

마틴의 이마에 힘줄이 돋았고 근육이 터질 듯 부풀어 올랐다.

"이놈들! 아무도 못 움직인다!"

마틴은 허공에 힘을 주듯 '으으라아아아앗차!' 기합을 외치며 땀을 뻘뻘 흘렸다.

'속박의 장' 스킬을 통하여 놈들을 구속하고 어그로를 끌고 있는 모양이었다.

거기에 소환 영령 라비트가 뛰어들었다.

"오랜만이오, 털북숭이 친구! 발바닥은 괜찮소?"

과거 라비트는 놈들의 발바닥을 공략했었다. 그때는 그렇게 해서 맘모스 헌터들을 불러 모았다.

'이번에는……'

사냥 불가능한 맘모스 헌터들을 불러들이느니 놈들을 빠르게 처리하기로 했다.

"일격필살!"

라비트의 검이 맘모스의 배를 꿰뚫었다. 길이 약 50cm의 검인데, 7미터가 넘는 맘모스의 몸통을 완전히 관통했다.

"이것이 바로 검기요."

라비트의 검이 맘모스의 몸에 닿음과 동시에 라비트의 검에서 검기 형태의 무언가가 솟구쳐 올랐다. 맘모스의 배를 완전히 꿰뚫어버렸고 맘모스는 쿵! 소리를 내며 넘어졌다.

저항 불능 상태의 맘모스의 미간을 루시아가 공격했다.

[저격 모드에 돌입합니다.]
[저격 모드 활성화 시 움직일 수 없습니다.]

움직일 수는 없지만.

탕!

소리와 함께 라비트가 쓰러뜨린 맘모스의 이마에 구멍이 뚫렸다.

[크리티컬 샷이 적용됩니다.]

맘모스의 H/P가 순식간에 0으로 떨어져 내렸다.

[크레바스 맘모스를 사냥하였습니다.]

플레이어들은 놀라서 움직일 수 없었다.

'저게…… 우리가 상대했던 놈들의 성체……?'

믿을 수 없었다. 작은 놈들조차도 강했었다. 그렇다면 더 큰 놈들은 더 세야 하는 게 정상 아닌가? 그런데 빛의 성웅을 보고 있으면 놈들이 약해빠졌다는 생각이 들 정도였다.

'말도 안 돼.'

뭔가 속임수가 있는 것 같았다. 눈 뜨고 코 베이는 기분이랄까.

"일격필살!"

또 한 마리의 맘모스가 쓰러지고 루시아가 저격했다. 그렇게 4콤보를 일궈냈다. 4콤보에 2마리의 맘모스를 죽였다.

그뿐인가.

콤비를 이루고 있는 라비트와 루시아도 무섭지만, 그보다 더욱 강력한 소환 개체는 피닉스였다. 피닉스는 마치 빛의 화살이라도 된 것처럼 여기저기를 누비고 다녔는데, 맘모스의 H/P가 순식간에 죽죽 떨어져 내렸다.

플레이어들은 여전히 이 상황을 믿을 수가 없었다.

'순식간에…… 7마리가 죽었다.'

빛의 성웅이 사라졌다가 다시 나타났던 시간은 끽해야 6시간 정도의 짧은 시간. 그 시간 동안 도대체 무슨 말도 안 되는 일이 벌어졌던 것이란 말인가.

교감을 통해 여왕의 의지가 전해졌다.

'저도 활약하고 싶답니다.'

여왕은 사뿐사뿐 걸음을 옮겼다. 마틴에게 가까이 다가가 마틴의 어깨에 손을 얹었다.

"마틴 어린이는 참 기특하기도 하네요."

그러자 마틴의 '속박의 장'이 더욱더 강력해졌다. 그냥 강력해지기만 한 게 아니었다. 땅이 부르르 떨렸다.

쿵! 쿵! 쿵! 쿵!

맘모스들이 무릎을 꿇었다. 속박의 장은 더 이상 속박의 장이 아니었다. 여왕의 응원 한마디에 엄청난 버프 효과가 적용됐다. 단순히 놈들을 속박하는 것 이상이 되었다.

신희현이 저도 모르게 고개를 절레절레 저을 뻔했다.

'저런 버프라니……'

로얄 노블레스 등급이라니.

사기가 맞기는 맞았다. 원래는 속박하는 기술인 '속박의 장'이 놈들의 H/P를 야금야금 갉아먹고 있었다.

그러나 20마리가 넘는 맘모스의 H/P가 눈에 보일 정도로 떨어져 내리고 있는 그 현장은, 신희현조차도 현실감 없게 느껴질 정도였다.

여왕이 말을 이었다.

"여러분은 서로가 적이어요. 모두를 용서할 수 없죠."

몇몇 맘모스의 눈이 시뻘겋게 변했다. 속박의 장의 영향권에서 탈출하는 것처럼 보였다.

플레이어들이 긴장했다. 몬스터에게서 저런 특별한 뭔가가 나타나면 분명 변화가 있으니까. 그 변화에 따라 무슨 일이 일어날지 모르니까. 그들 입장에서는 긴장하는 것이 당연했다.

그러나 긴장할 필요가 전혀 없었다. 맘모스들이 서로를 공격하기 시작한 것이다.

특히나 상아가 매우 긴 맘모스들끼리 싸움이 붙었다. 정신을 못 차리고 있는 놈들은 소환 영령들에 의해 H/P가 떨어져 내리고 있고 정신 차린(?) 놈들은 서로를 죽이기에 여념이 없었다.

여왕의 특수 효과다. 수컷들끼리 싸움을 붙여 버렸다.

신희현에게 알림이 들려왔다.

[레벨이 올랐습니다.]
[레벨이 올랐습니다.]
[레벨이 올랐습니다.]

던전 내 특수 효과인 레벨 제한 효과를 파괴하는 리미트 브레이커가 적용되어 있다. 이 상황에서 레벨이 올라가는 것은 그에게 매우 호재라고 할 수 있었다.

그때 추위에 떨고 있는 누군가가 보였다. 마법사로 보이는 플레이어였다. 누군지 알 수는 없었지만 신희현은 그에게 아이템을 건넸다. 과거 켈트 던전을 클리어할 때 썼던 '발렌피트 가죽옷'이었다. 보온 스킬을 가지고 있어 추위에 강한 내성을 가진 아이템이다.

신희현은 그것을 아낌없이 줌으로써 성군의 면모를 다시 한번 드러냈다.

"가…… 감사합니다."

"괜찮습니다."

저는 하나도 안 춥거든요.

그 말은 뺐다. 불굴의 의지가 진화한 제왕의 의지 덕택에 추위가 전혀 느껴지지 않았다. 발렌피트 가죽옷 같은 건 이제 필요 없었다.

'누구보다 빠르게.'

엘렌이 날아가 맘모스가 드랍한 가죽옷들을 수거하고 있었다. 8장의 성스러운 날개를 편 그녀는 배낭을 앞으로 메고서 아이템 수거에 열을 올렸다.

'누구보다 정확하게.'

그렇게 크레바스 맘모스 무리를 순식간에 사냥했다. 쓸어버렸다고 해도 좋을 정도였다.

추위에 버티기 좋은 '맘모스 가죽옷' 12세트가 드랍됐고 신희현은 추위에 약한 플레이어들에게 그것을 고루 나눠 줬다. 내가 성군이다, 내가 빛의 성웅이다라고 주장하는 것처럼 말이다.

김상목은 입을 다물었다.

'순식간에…… 플레이어들을 휘어잡았다.'

여기에는 정치적 계산이 많이 들어 있을 거라 생각했다.

일부러 소환 영령들을 소환했고, 또 일부러 플레이어들을 배제한 상태로 놈들을 싹쓸이했다. 저 정도로 싸웠으면 체력 소모도 어마어마했을 것이다. 그런데 빛의 성웅은 힘든 기색을 보이지 않고 있다. 저건 의도된 연출일 것이 틀림없었다.

'불만이 있는 플레이어들을…… 완전히 힘으로 찍어 눌러 버렸다.'

그것뿐만 아니라.

'아이템을 나눠 주면서…… 강압적인 모습을 포장했어.'

고구려의 실질적인 수장이나 다름없는 김상목이 보기에는 그랬다. 저번에 최용민이 소고기를 사주면서 '빛의 성웅은 성웅이 아냐. 성웅의 탈을 쓴 간웅이지'라고 말했던 기억을 떠올렸다.

'순식간에 플레이어들을 자기편으로 만들었어.'

애초에 자기편이고 아니고를 나눌 수 있는 문제는 아니었다. 레벨 절대 룰이 적용되는 지금, 감히 신희현의 말에 토를 달 수 있는 플레이어가 누가 있겠는가.

'정말…… 정치적인 사람이다.'

김상목은 그렇게 생각했고, 신희현은 이렇게 생각했다.

'폭업이다……!'

그리고 보온 아이템은.

'인벤토리만 차는데 뭐.'

인벤토리를 차지하는 쓸모없는 잡템이다. 잡템 뿌려서

명예를 얻으면 남는 장사 아니겠는가. 물론 신희현이 뿌리는 잡템은 최상위 플레이어들에게 매우 유용한 아이템이었지만.

신희현이 앞장섰다.

"이곳을 빠르게 클리어하겠습니다."

그 누구도 토를 달지 않았다.

신희현이 말했다.

"유석아, 폭포를 찾아. 겉은 얼어 있는데 밑에선 물이 흐르고 있을 거야."

약 3시간 정도 앞으로 이동했다. 경사진 길이었다. 마치 완만한 경사의 산을 오르는 것 같은 기분이었다.

'예전에도 이런 기분을 느꼈었어.'

맞게 오고 있다는 증거였다. 제왕의 길도 같은 방향을 가리키고 있었고.

그렇게 다시 2시간이 흘렀을 때, 신희현은 절벽 형태의 폭포를 발견할 수 있었다.

강민영이 감탄하면서 신희현에게 팔짱을 꼈다.

"와…… 예쁘다."

에메랄드빛 얼음 폭포. 빛깔이 너무나 예뻤다. 에메랄드 얼음층이 겹겹이 올려져 만들어진 얼음 폭포 같았다.

신희현은 하마터면 '네가 더 예뻐. 우쭈쭈' 하고 말할 뻔했지만 그걸 가까스로 참고 다른 말을 했다.

"우리는 이걸 녹일 겁니다."

저게 H/P를 가지고 있는 하나의 몬스터라면 믿을까?

사실 몬스터라기보다는 조형물에 가까웠지만 어쨌든 저걸 녹이면 초한폭포를 탈출할 수 있을 거다.

계획은 머릿속에 있다. 이곳까지 오는 길, 메인 던전 아탄티아에서 이곳의 단초를 이미 제공해 줬으니까.

신희현이 말을 이었다.

"불 계열 마법사들이 주축이 됩니다."

강동훈과 강민영이 앞으로 나섰다. 신희현이 그들을 돕기 위해 상급 정령 윈더를 소환했다.

그런데 조금 이상했다.

'어라……?'

6장
목소리의 복수

원더는 항상 의문을 가졌다.

'도대체 어떤 것이 그렇게 위대한 일일까?'

정령사에 길이 남을 위대하고도 원대한 큰 계획과 꿈, 그리고 희망이 있는 건 줄 알았는데 아무리 생각해 봐도 그런 건 없는 것 같았다.

상급 정령 원더. 그가 평소에 하는 거라곤 누군가를 멀리 멀리 날려 보내거나, 땅에 부딪히지 않게 도와주거나, 탐색을 하거나 하는 하급 정령도 충분히 할 수 있는 일이었다.

여러 원더 중에서 착하고 순박한 원더, 다시 말해 호구 성이 매우 짙어 정령왕 칸드에게 지목받은 그는 너무 궁금했다.

'도무지 모르겠다.'

그래서 오늘은 물어야겠다고 생각했다. 정령왕을 찾았다.

"칸드 님, 도대체 모르겠습니다."

칸드는 식은 바람 땀을 흘렸다. 티는 내지 않았다. 언젠가 이날이 올 거라고는 생각했다. 미리 생각해 둔 답도 있었다.

"라이나 님께서 하시는 일이다. 분명 뭔가 숨겨진 것이 있 겠지."

윈더는 따지고 싶었다.

그런 거 전혀 없어 보이는데요.

윈더가 본 신희현은 그런 원대하고도 위대한 포부 같은 건 갖고 있지 않았다.

"정령사에 길이 남을 업적을…… 남길 수 있다 하셨습 니다."

"그래, 조금만 더 참고 인내한다면 너는 충분히 해낼 수 있다."

정령왕 칸드의 바람이 더 차가워졌다. 식은땀이 흐르고 있 는 거다.

"정령왕이시여, 그렇다고 한들……"

칸드가 선수 쳤다.

"그래. 안다, 알아. 하급 정령들도 충분히 할 수 있는 것 을…… 상급 정령인 네가 도맡아서 하고 있다는 것을. 라이 나 님도 그걸 보고 계실 거다."

그래, 내가 하기 싫어서 상급 정령을 붙여줬잖아.

칸드는 그 말은 삼켰다.

"분명히! 분명히 그날이 온다……!"

정령사에 길이 남을 업적을 펼치게 될 그날이!

"외람된 말씀이지만……"

사실 윈더는 조금 화가 났다.

"저를 속이고 있는 게 아닌가 싶습니다. 동료 윈더들이 그랬습니다. 제가 이용당하고 있는 거라고."

아니, 어떤 윈더 놈들이 그런 쓸데없는 말을 해서 이 착하고 순진무구한 윈더의 심사를 어지럽혔단 말인가. 정령왕 칸드는 그 윈더들을 혼쭐내 주리라 다짐했는데.

"정말 그렇습니까?"

윈더의 말투가 심상치 않았다.

착한 윈더가 화내면 더 무섭다는 걸 조금씩 깨달아 갔다.

"아니, 절대 아니다. 너처럼 충직한 정령이 어디 있겠느냐?"

아, 이거 좀 위험한데. 얘 왠지 폭발할 거 같은데…….

라고 불안해할 무렵, 윈더가 소환됐다. 윈더는 불만을 다 풀지 못한 상태로 소환에 응하게 됐다. 소환 의식은 계약자와 정령의 신성한 계약. 아무리 기분이 나쁘다 할지라도 함부로 깰 수 없는 신성한 것이었다.

"다녀와서 다시 얘기하겠습니다."

윈더가 소환됐다.

[앰플러스 네임: 제왕을 확인합니다.]
[앰플러스 네임의 효과로 소환 영령의 등급이 한 단계 상향 조정 됩니다.]
[노블레스 등급 소환 영령 윈더, 프리미엄 노블레스 등급으로 상향 조정이 완료되었습니다.]

윈더는 자신의 몸에 일어난 변화를 알아차렸다.
'나는……!'
그는 깨달을 수 있었다.
'지금의 내 몸 상태는……!'
상급 정령 중에서도 선택받은 아주 극소수의 상급 정령이 정령신의 가호를 받아 '최상급 정령'이 된다는 것을 이미 알고 있었다.
'최상급 정령이 되었다.'
상급 정령이 된 지 불과 300년 만에, 겨우 300년 만에 최상급 정령에 올라서게 된 것이었다. 이대로 시간이 흐른다면 언젠가는 정령왕의 자리까지 오를 수 있게 될 것이다. 그것도 최소의 세월로 말이다.

'이, 이것이 위대하고 원대한 계획의 첫걸음인가!'

윈더는 저도 모르게 흥분했다.

'칸드 님…… 죄송합니다.'

윈더는 반성했다. 나쁜 윈더들한테 속아서 정령왕님을 의심할 뻔하지 않았는가.

'역시 라이나 님의 계약자다!'

아무것도 안 했는데 최상위급 정령이 되다니.

'원대한 계획을 가슴에 품고 계신 거다!'

신희현은 저도 모르는 사이에 의도하지 않게 매우 긍정적인 역할을 하는 사기를 치게 됐다.

물론 그 스스로도 모르기 때문에 의아해했다.

"윈더, 무슨 생각을 그렇게 하는 거야?"

신희현은 소환 영령의 등급 높아지는 것에 이미 익숙해진 상태다. 그래서 별생각 없었는데 윈더가 뭔가 엄청난 감동에 빠져 있는 것 같아 보였다.

'아무것도…… 아닙니다.'

교감을 통해 전해져 윈더의 마음이 뭔가 굉장히 신난 것 같았다.

'등급이 올라가서 그런가?'

단순히 그것 말고, 그거보다 더욱 큰 뭔가가 있는 것 같은 기분이 들기는 했지만 지금은 저 폭포를 녹이는 것에 집중해야 했다.

"원거리 딜러진, 탱커진. 절대 방심하지 말고."

언제 어디서 방해가 날아들지 모른다. 더군다나 이곳은 설원.

"이렇게."

라비트가 검을 내질렀다. 신희현이 서 있는 곳 근처의 눈이 붉게 물들었다. 어디선가 피가 새어 나온 모양이었다.

"발밑도 조심하도록."

라비트가 수염을 쓰다듬었다.

"아주 잽싼 놈이었지만 이 몸보다 잽쌀 수는 없었소. 왜냐하면 나는 멋쟁이 망토를 두르고 있기 때문이오."

그는 아무래도 그림자 망토가 굉장히 마음에 든 것 같았다.

신희현이 명령을 내렸다.

"공격 시작."

얼어붙어 있는 폭포를 녹이기 위한 총공세가 시작됐다.

까악! 까악!

소리와 함께 로자리오 대저택에서 봤던 것과 비슷한 형태의 까마귀들, 하지만 색깔이 흰색이 까마귀 떼가 날아들었다.

'좋았어.'

최상급 정령 윈더에게 명령을 내렸다.

'쓸어버려.'

최상급 정령이 된 그는 신희현의 명령을 매우 빠르게 이행

했다.

신희현은 고개를 갸웃했다. 뭔가 윈더에게 커다란 심적 변화가 있는 것 같았다. 뭔지는 알 수 없었지만.

[레벨이 올랐습니다.]
[레벨이 올랐습니다.]

까마귀 떼는 아주 좋은 먹잇감이었다. 레벨이 아주 빠르게 올랐다.

'좋다.'

소환 영령들이 강해졌다. 등급 자체가 올라가면서 이전과는 비교도 할 수 없을 정도의 무력을 갖추게 됐다. 그런데 단순히 능력치만 높아진 게 아니었다.

'마력 소모도…… 현저히 줄어들었어.'

누군가 듣는다면 사기라고 할 거다. 이미 신희현의 존재 자체가 사기이기는 했지만.

'임페리얼 노블레스 등급의 앰플러스 네임이 이 정도인가.'

교감 커넥션을 사용하여 소환 영령들을 한꺼번에 부리고 있건만 마력 소모는 훨씬 적었다. 제왕의 이름을 얻고 난 뒤 소환 영령들을 부리는 데에 소모되는 마력의 양이 훨씬 적었다. 소모되는 마력의 양은 적어졌는데 차오르는 마력의 속도는 빨라졌다.

이두호(변도현)가 말했다.

"조금씩 줄어들고 있습니다!"

공격을 무효화시키는 일종의 실드 같은 것이 무너진 모양이었다.

거기에 더해, 루시아가 공격 준비를 끝냈다.

"발포하겠습니다."

그녀는 그녀 몸의 3배 정도는 커다란 바주카포 같은 것을 들고 있었는데 여태껏 공격을 준비하고 있었단다.

그 바주카포에서 미사일 같은 것이 쏘아졌다.

콰과광!

여태까지와는 비교도 할 수 없을 정도로 거대한 폭발음이 일었다. 폭포 한가운데 구멍이 뚫렸다. H/P도 눈에 띄게 줄어들었다.

신희현에게 매우 익숙해져 있는 신희아마저도 입을 쩍 벌렸다.

'세상에······.'

저 언니, 맨날 변태같이 단도를 핥는 것만 잘하는 줄 알았더니 저 무지막지한 공격은 뭐란 말인가.

'오빠가 보유하고 있는 한 방 기술 중에 제일 센 거 같은데······.'

피닉스의 빛 폭발이나 라이나 소환을 제외하면 말이다.

일상적으로 사용할 수 있는 통상 공격 중에서 가장 강한 기술처럼 보였다.

거기에 라비트가 풀쩍 약 10미터를 뛰어올라서.

"일격필살!"

하고 크게 외쳐 루시아가 만들어낸 구멍에 검기를 쏘아냈다. 그러자 구멍에서 물이 찔끔찔끔 흘러나왔다.

'끝이 보인다.'

신희현은 알고 있다.

'세세한 내용은 바뀌어도 큰 줄기는 바뀌지 않는다.'

그 거대한 명제는 이 시스템 전반을 아우르는 대명제였다.

예측할 수 없는 최후의 던전. 때문에 이곳의 세세한 내용까지 전부 알 수는 없었다. 당장 하얀색 까마귀들과 발밑에서 이따금씩 솟구쳐 오르는 저 정체 모를 몬스터들에 관한 건 전혀 모르고 있던 내용이다. 하지만 큰 줄기는 바뀌지 않는다.

'물이 새어 나오고 있고.'

폭포가 녹아내리고 있다는 증거다.

'그렇다면.'

나는 내 나름대로 준비를 이어가야겠지.

콰과광!

루시아가 또다시 발포했다.

수많은 플레이어가 협공했다. 갖가지 공격이 쏟아져 내렸고 결국 얼음 폭포의 H/P가 거의 다 사라졌다. 신희현은 그 찰나를 포착하기 위해 눈조차 깜빡이지 않았다.

'준비한다.'

아마도 이 최후의 던전이란 놈은 플레이어들을 반기지 않는 것이 틀림없었다.

과거와는 다른 양상으로 흘러가고 있다. 쉴 시간조차 주지 않고 플레이어들을 약 올리며 몰아붙였다. 그것을 토대로 판단해 보면 아마 이번에도 그것은 마찬가지일 것이다.

'누가 네 뜻대로 놀아줄 것 같으냐?'

그와 동시에.

쏴아아아아아-!

폭포물이 쏟아져 내리기 시작했다.

쿠구구궁-!

땅이 울렸다. 지진과는 약간 다른 느낌이었다. 마치 저 멀리 어딘가에서 해일이 몰아쳐 들어오고 있다면 이런 느낌이 아닐까 싶었다.

신희현이 재빨리 아이템을 꺼냈다. 메인 던전 아탄티아에서 얻은 아이템. 아탄티아호다.

전 단계의 보상이 이후 단계의 관문에서 적절하게 쓰인다. 그것은 옳은 길일 확률이 매우 높다는 소리다.

"모두 탑승해!"

이유는 알 수 없었지만 신희현의 말에 따라 플레이어들이 서둘러 아탄티아호에 나눠서 탑승했다. 여태까지 빛의 성웅 말을 빨리 듣지 않았다가 계속해서 피해가 발생하지 않았던 가. 이제 그들은 묻지도 따지지도 않고 일단, 신희현이 급하게 말하면 듣고 봤다.

신희현은 강유석에게 퓨리어스를 건넸다.

"이거 사용해서⋯⋯."

"알았어요."

강유석은 힘을 끌어올렸다. 퓨리어스를 건네주는 이유를 잘 알고 있다. 강유석은 이미 느끼고 있었다. 저만치 위에서 마치 둑이 터진 것처럼 거대한 물의 흐름이 이쪽을 향하고 있다는 것을 말이다.

'막는다⋯⋯!'

그도 물의 정령왕 엘드를 소환할 수 있다. 그리고 부릴 수 있다. 다만 체력 소모가 너무 커서 사용하지 않을 뿐. 하지만 이번에는 소환해야 했다. 그래서 만능 물약이라 일컬어지는 퓨리어스가 필요했다.

'저 거대한 물을 컨트롤하려면⋯⋯!'

소환사의 비술을 사용하여 정령왕 엘드를 소환하고 해일 처럼 밀려드는 저 방대한 양의 물을 컨트롤했다.

신강철은 눈을 질끈 감았다.

"오 마이 갓⋯⋯!"

그는 원래부터 물을 좀 무서워했는데 저런 엄청난 규모의

물이 쏟아지는 건 더더욱 무서웠다.

'오, 오, 온다……!'

강유석이 외쳤다.

"영역 선포!"

그리고 정령왕을 통해 선체가 뒤집어지지 않도록 물의 흐름을 컨트롤했다.

신희현이 외쳤다.

"모두 꽉 잡아!"

아탄티아호가 물에 잠겼다. 그리고 얼마 뒤, 아탄티아호가 다시 수면 위로 모습을 드러냈다. 모두들 물에 젖었지만 피해 자체는 그리 크지 않았다.

'됐다.'

제왕의 이름을 얻고 난 뒤 최후의 던전 클리어에 자신감이 많이 붙었다.

'게다가…… 나는 옳은 길을 가고 있다.'

아탄티아를 옳은 방법으로 클리어하여 지금도 옳은 길로 가고 있다는 확신이 들었다.

이 물 아래, 어떤 몬스터가 있을지 모른다. 하지만 아탄티아호는 적어도 물에서는 공격을 받지 않는 권능을 가지고 있다.

'이대로만 가면…….'

만약 유속이 빨라진다면 그도 모르는 새로운 것이 나타날

테고 반대로 유속이 느려진다면?

'그게…… 내가 생각하는 최상의 시나리오가 될 거다.'

캡틴이 크게 말했다.

"군주시여!"

보고를 올렸다. 유속에 관한 보고였다.

"유속이 느려지고 있습니다."

그리고 플레이어들을 공포에 빠지게 만드는 알림도 들려왔다.

7장
삼각지

유속이 느려지고 있다. 그 말은 곧 삼각지가 가까워 오고 있다는 뜻이었다.

 물살이 느려지며 흙과 모래가 쌓이는 이곳. 지구처럼 물리적인 법칙이 적용되는 것 같지는 않지만 어쨌거나 삼각지가 곧 나타나게 된다는 것은 거의 확실한 사실이었다.

 '그런데 아직 알림이 들리지 않았어.'

 신희현의 생각을 읽기라도 한 듯 알림음이 들려왔다.

 —초한폭포가 클리어되었네.

 평소의 클리어 알림과는 조금 달랐다. 소년의 목소리는 언뜻 들으면 쾌활한 것처럼 들렸지만 신희현이 느끼기에는 달랐다.

'어지간히도 약이 오른 모양이야.'

그러니까 클리어하자마자 알림을 준 것도 아니고 한참이나 있다가 말을 하지 않았는가.

–너네 제법이다? 초한폭포를 이렇게 쉽게 클리어하다니. 최소 50명은 죽을 줄 알았는데. 게다가 뭐 이상한 놈도 하나 보이고.

그 이상한 놈은 다름 아닌 신희현.

자신을 뜻하고 있다는 건 신희현도 너무나도 잘 알고 있었다.

–보상을 주긴 줘야 되는데 주기가 너무 싫다.

그래, 거기까진 좋았다. 플레이어들은 거기까진 그나마 괜찮다고 생각했다.

하지만 이어지는 알림은 전혀 좋지 못했다. 전혀 좋지 못한 정도가 아니라 아주 많이 나빴다.

–너네 그냥 콱 다 죽어버렸으면 좋겠어.

그와 동시에, 정식 알림이 들려왔다.

[삼각지에 도착하였습니다.]

물의 깊이가 점점 느려지는가 싶더니 이윽고 뭍에 닿았다.
캡틴이 말했다.
"더 이상 전진하기 어렵습니다."
신희현도 고개를 끄덕였다.
삼각지. 과거, 많은 몬스터가 나타났던 이곳은 몬스터 게이트의 보스 몬스터로 등장했었던 말칸을 비롯하여 수많은 몬스터가 떼거리로 몰려드는 곳이다.
'하지만…… 조금은 달라지겠지.'
이 목소리의 주인, 아마도 최후의 던전이 가진 '자아'라고 짐작되는 이놈의 기분이 안 좋아 보였다. 어떤 식의 반응을 보일지 알 수 없었다.

–나는 보상을 주긴 줄 건데. 너네들이 엄청 뛰어나서 말이야. 보상을 잠깐 미루는 게 좋을 것 같아.

신희현은 인상을 찡그렸다. 뭐 이딴 놈이 다 있나 싶다. 줘야 할 보상을 미루다니.

─대신 이거까지 클리어하고 나면 보상을 크게 줄게.

거기서 신희현은 느낄 수 있었다.

'큰 거 한 방을 준비하고 있나 보네.'

커다란 줄기인 삼각지의 특성 자체는 변하지 않을 거다.

다만, 그 내용이 조금 달라지겠지.

탱커장 김경수가 뭔가를 발견했다.

"일렁거림이…….."

그뿐만 아니라 행운의 대명사라 불리는 강현수도 몸을 부르르 떨었다.

"이거…… 괜찮은 거 맞죠?"

김경수의 말은 그렇다 쳐도 강현수의 말은 쉬이 흘려들을 수는 없었다. 행운의 대명사 강현수. 그는 본능적으로 위험을 알아차리고 위험에서 벗어나는 특수한 능력을 가지고 있다.

'강현수가…… 긴장하고 있다?'

이거 쉽지 않겠는데.

신희현은 마음을 다잡았다. 애초에 최후의 던전에 들어올 때부터 쉬울 거라고는 생각하지 않았다.

─자자, 그럼 이제 파티를 시작해 볼까? 너희가 무서워하는 게 또 뭐가 있을까?

삼각지의 큰 틀은 변하지 않았다. 몬스터가 떼거리로 모습을 드러내고 있었으니까.

[삼각지로 이동하였습니다.]
[보스 몬스터 존이 생성됩니다.]

문제는.

[보스 몬스터 존이 생성됩니다.]
[보스 몬스터 존이 생성됩니다.]

보스 몬스터들이 계속해서 등장하고 있다는 거다. 여태까지 잡았던 몬스터들이었다. 과거와 마찬가지로 말터도 있었다.

강현수가 슬금슬금 뒷걸음질 쳤다.

"저 삼각지라는 것이 점점 커지고 있는데요……."

신희현도 느끼고 있다.

과거의 삼각지보다 훨씬 더 큰 규모다. 이곳이 삼각지라는 것을 모르고 있었다면 거대한 사막에 와 있다고 해도 믿을 정도였다.

'말칸, 카르티.'

아주 오래전에 잡았던 제왕 우르칸도 있었다.

삼각지 157

[레벨: 470]

문제는 과거의 우르칸은 레벨이 70대였으나 지금은 400대 후반이라는 것 정도.

'전부 400대 후반의 몬스터.'

거기에 더해.

'보스 몬스터 보정도 받고 있고.'

각각 보스 몬스터 보정이 서로에게 시너지 효과를 내고 있었다.

신희현은 골이 아파왔다.

'이딴 것도 관문이라고.'

어쩌면 여태까지 상대했던 모든 관문 중에 가장 어려운 관문일 수도 있다. 말 그대로 보스 몬스터 떼가 나타나는 관문이었으니까. 게다가 과거와는 달랐다. 과거와 난이도 자체를 비교할 수 없었다.

'라이토?'

라이토도 보였다. 신희현이 고자라고 놀렸던 그 보스 몬스터 말이다.

거기서 끝이 아니었다.

'플래티넘 골렘?'

이건 아무래도 미친 것이 틀림없었다.

'플래티넘 골렘을 무슨 수로 잡지?'

저건 못 잡는 몬스터다.

그렇게 생각했는데.

[레벨: 560]

레벨이 560이었다. 상대할 만하지 않은가. 핵을 찾아서 파괴하는 게 어렵긴 하겠지만.

과거와는 달리 어느 정도 상대할 수는 있다. 지금 그는 리미트 브레이커 효과 덕에 레벨 제한이 사라졌으니까.

게다가 폭풍 레벨 업과 룰 브레이커, 그리고 리미트 브레이커 덕에 레벨 590대 몬스터들도 상대할 수 있는 수준이다.

'플래티넘 골렘에……'

설마하니 예전에 나타났던 아발론까지 나타나지는 않겠지.

자아를 가진 리치, 플래티넘 골렘을 만들었다 전해지는 사제 아발론 말이다. 다행히 그의 모습은 보이지 않았다.

'그러니까…… 아주 보스 몹들의 총집합이라 이거네.'

곧 전투가 시작될 예정.

김상목이 물었다.

"신희현 씨, 어떻게 하죠?"

"……."

그에게도 당장 뾰족한 방법은 없었다. 예상의 범위를 지나치게 벗어나는 몬스터 군단이다. 아무리 신희현이 강해도 저 많은 보스 몹을 쓸어버릴 수는 없었다.

신희현이 인상을 잔뜩 찌그렸다.

"젠장……."

이거, 일부러 들으라고 한 소리다.

—낄낄낄.

그러자 웃음소리가 들려왔다. 이 상황을 즐기고 있는 것 같았다.

—어때? 무섭지?

그래, 너무 무섭다.

신희현이 떨리는 목소리로 말했다. 혼잣말이었다.

"제기랄, 여기서 뱀파이어까지 나타난다면……."

그때는 정말 죽음이겠군.

아주 작게 속삭이듯 말했다. 그러자 삼각지가 더욱 커졌다.

—아, 맞아! 왜 뱀파이어를 생각 못 했지? 불사의 그놈들이라면 아주 무시무시할 거야.

신희현이 인상을 더욱 찡그렸다.

"제기랄……. 설마 진짜 뱀파이어가 나타난단 말인 가……."

소년의 목소리는 굉장히 신이 난 것 같았다. 낄낄낄 하고 계속해서 웃었다. 그러더니 또 말을 이었다.

-뱀파이어가 나타났다면 또 다른 어둠의 종족도 아주 무서울 거야?

신희현이 침을 꿀꺽 삼켰다.

"설마……."

뱀파이어와 더불어 어둠의 종족을 대표하는 또 다른 몬스 터라 하면.

"서큐버스……?"

신희현이 몸을 부르르 떨었다.

김경수와 김상목은 솔직한 말로 쫄았다. 빛의 성웅이 이런 모습을 보인다니. 뱀파이어와 서큐버스가 그렇게 무시무시 한 놈들이란 말인가.

-그렇지! 서큐버스도 있어야겠지!

신희현의 표정이 더욱 굳어졌다.

아무도 눈치채지 못했지만 엘렌의 날개가 파르르 떨리고 있었다.

'최후의 던전은 바보인 것이 틀림없습니다, 신희현 플레이 어……!'

그녀는 빛기꾼의 사기를 일찌감치 눈치챘다.

'다행입니다. 그녀가 서큐버스의 여왕이라는 것을 모르는 모양입니다.'

어째서인지는 알 수 없었다. 관문을 어떻게 진행하는지에 대해서는 잘 모르고 있는 걸 수도 있었다. 아니면 정말 바보 일 수도 있다. 그도 아니면 여왕이 '서큐버스를 대표하는 여 왕'인지 모를 수도 있었다.

어쨌거나 상황은 좋게 흘러갔다.

강현수가 몸을 부르르 떨었다.

'뭔가 조금…… 좋아지는 느낌이 든다?'

뭔지는 모르겠지만 분명히 그랬다.

―낄낄낄. 알아서들 잘 상대해 보라구. 아주 어려울 거야.

그 목소리는 마치 플레이어들이 여기서 전멸이라도 할 거 라고 생각하는 것 같았다.

―이것만 클리어하면 아주 커다란 보상을 약속할게. 너희는 상상

도 할 수 없을 만큼 큰 보상이야.

그제야 신희현이 씨익 웃었다. 저놈은 제 입으로 뱉은 말은 지키는 놈 같았으니까.

–본격적으로 전투를 시작해 볼까?

인벤토리에서 반지를 꺼내 들었다. 로자리오의 반지였다.

뱀파이어의 제왕, 로자리오가 모습을 드러냈다. 핏빛 망토를 둘러쓴 그의 얼굴을 창백하기 그지없었다.

플레이어들을 향해 달려들려던 보스 몬스터들이 멈춰섰다.

로자리오가 허공에 둥둥 뜬 채로 말했다. 그에게는 절대자의 정체를 알 수 없는 기품과 위엄이 서려 있었다.

"이 열등한 잡것들은 무엇인가?"

신희현이 어깨를 으쓱했다.

"아탄티아의 군주로서, 나보다 더 강한 군주이자 피의 율법을 따르는 그대에게 도움을 청한다."

로자리오가 고개를 끄덕였다.

"그사이 커다란 발전이 있었군. 나 피의 제왕은 율법을 받들어 나의 친우인 그대에게 나의 힘을 빌려주겠다."

주위를 훑어봤다.

"피의 율법을 따르는 자들이여."

신희현이 무서워 마지않던(?), 그래서 최후의 던전이 신이 나서 소환을 해댔던 뱀파이어들이 일제히 무릎을 꿇었다. 그 숫자가 물경 3천에 이르렀다.

"율법을 따라 나의 친우를 도와라. 나의 친우이자 아탄티아의 군주에게 이빨을 드러내는 저 미천한 것들에게 심판의 철퇴를 선사하라."

플레이어들은 얼떨떨했다.

"이게…… 도대체 무슨 상황이지?"

그들은 알 수 없었다. 로자리오가 누군지도 몰랐다. 하지만 탁민호만은 정확하게 알고 있었다.

'최후의 던전에 진입하기 직전에…… 클리어했던 곳이지.'

그 말이 무엇이겠는가. 최후의 던전 직전에 나타났던 던전, 로자리오 대저택, 그리고 그곳의 보스 몬스터 로자리오. 이곳의 보스 몬스터들보다 강하면 강했지 절대 약할 리는 없지 않겠는가.

거기서 끝이 아니었다.

"나의 주군이자 나의 서방님께 감히 이빨을 드러낸 죄."

여왕이 하늘 높이 날아올랐다.

"나 여왕이 명한다."

서큐버스들이 무릎을 꿇었다. 그 숫자가 뱀파이어들과 대충 비슷했다. 약 2천 정도 되었다.

"나의 주군께 적의를 드러내는 모든 것을 말살하라. 혹독한 꿈의 재갈을 물려 다시는 세상의 빛을 볼 수 없도록 잠들게 하라."

보스 몬스터들을 비롯하여 삼각지에 모습을 드러낸 몬스터는 대충 살펴봐도 10만이 넘었다. 10만이 넘기는 했으되, 그중 뱀파이어와 서큐버스보다 강한 몬스터는 거의 없다고 해도 과언이 아니었다.

로자리오의 명을 받든 뱀파이어는 대부분이 귀족이었고 서큐버스 역시 서큐버스들 중에서도 엘리트들이었다. 뿐만 아니라 로자리오는 일당만의 제왕. 최후의 던전 직전에 모습을 드러냈던 최강의 보스 몬스터들 중 하나이며 여왕은 무려 메인 던전의 보스 몬스터 아니었던가. 숫자는 비록 밀릴지언정 그 능력에서는 절대 밀리지 않는 것이다.

김상목은 멍하니 앞을 쳐다봤다.

'이게…… 빛의 성웅이 가진 능력?'

뱀파이어의 제왕까지 소환했다. 여태까지 마력을 엄청나게 많이 썼을 텐데 전혀 지친 모습이 보이지 않았다. 로자리오를 소환한 것이 아이템에 의한 것이며 소환술이 아니기 때문에 마력이 소모되지 않는다는 점은 몰랐다.

뱀파이어들의 무력은 무서웠다. 그들은 체력이 떨어질 때면 피를 흡수해 정상의 컨디션을 되찾았다.

그런데 더 무서운 건 서큐버스들이었다. 그녀들은 수컷 몬스터들의 이성을 뒤흔들어 놨다. 적 몬스터가 10만에 이른다 하더라도 그중 거의 1/3에 해당하는 놈들이 정신을 못 차리고 아군을 공격해 댔다. 실질적으로 플레이어들은 도움을 제대로 주지 못할 정도였다.

'미쳤다.'

이건 아무래도 진짜 미친 상황인 것이 틀림없었다. 처음에는 절망했는데 실상은 그게 아니지 않은가. 숫자와는 상관없이 플레이어들 측은 몬스터들을 압도적인 힘으로 찍어 누르고 있었다. 아니, 더 정확히 말하자면 신희현이 그러고 있었다.

로자리오가 권능을 터뜨렸다.

"블러드 볼."

그와 동시에 수백 마리의 몬스터의 머리가 터졌다.

로자리오는 전혀 지친 기색이 없어 보였다.

"맛은 없지만……."

피가 터져 나올 때마다 그는 그 피를 흡수하여 체력을 회복했으니까.

로자리오를 소환한 신희현마저도 입이 떡 벌어질 정도였다.

'사기네.'

그가 다른 사람(?)더러 사기라고 말할 수 있는 권리가 있는지는 모르겠다만 하여튼 신희현조차도 이 상황이 사기적이라고 느껴졌다.

그때, 분노한 듯한 목소리가 들려왔다.

－도대체 너는 뭐 하는 놈이냐!

최후의 던전이 정말로 열 받은 것 같았다.

최후의 던전이 '도대체 뭐 하는 놈이냐!'라고 소리쳤을 때, 엘렌은 속으로 생각했다.

'제왕 빛기꾼이십니다.'

그냥 사기꾼이 아니다. 무려 빛의 사기꾼이다. 줄여서 빛기꾼. 그런데 그 빛기꾼이 괄목할 만큼 성장하여 이제는 제왕 빛기꾼이 됐다. 엘렌의 날개가 파르르 떨렸다.

신희현은 피식 웃었다.

'놈이 흥분하고 있다.'

놈은 분명 자기가 말한 것은 반드시 지키는 놈이다. 보상도 보류해 가면서 큰 보상을 주겠다 약조했으니 놈은 분명히 그럴 것이다.

그게 너무 열이 받아 지금 분노하고 있는 거겠지.

'더 자극해야 하나?'

길잡이는 언제나 선택의 갈림길에 서 있다.

'아니면 여기서 그만둬야 하나?'

괜히 잘못했다가 아발론 같은 규격 외 몬스터가 나타나기라도 한다면 답이 없다.

아발론은 그 시대의 절대자였을 확률이 매우 높다. 뱀파이어의 제왕 로자리오와 동급이라는 소리다.

[로자리오의 소환 시간이 약 15분 남았습니다.]

10만에 달하던 몬스터의 숫자가 순식간에 3만까지 줄어들었다. 5만은 저들끼리 치고받아 죽었다. 다시 말해, 서큐버스의 능력이 5만의 몬스터를 죽였다는 소리다. 거기에 3천의 뱀파이어가 약 2만의 몬스터를 무참히 도륙했다.

플레이어들이 죽인 몬스터는 기껏해야 4,000마리.

[레벨이 올랐습니다.]

[레벨이 올랐습니다.]

[레벨이 올랐습니다.]

그 4,000마리 중 신희현이 잡은 게 2,000마리가 넘었다. 신희현은 일인군단이었다. 이렇게 대단위 몬스터 무리를 사냥할 때, 그의 능력은 빛을 발한다. 소모되는 마력보다 흡수

되는 마력의 양이 훨씬 많을 정도였다.

거기에 더해.

[스킬, 빛 폭발을 사용합니다.]

피닉스가 광역 기술 빛 폭발을 사용하면서 순식간에 1,000
마리의 몬스터를 쓸어버렸다.

[레벨이 올랐습니다.]
[레벨이 올랐습니다.]
[레벨이 올랐습니다.]
…….
[레벨이 올랐습니다.]

레벨이 올랐다는 알림이 끝없이 들려오고.

[성군의 증표에 긍정적인 영향을 끼칩니다.]
[성군의 증표에 긍정적인 영향을 끼칩니다.]
[성군의 증표에 긍정적인 영향을 끼칩니다.]

성군의 증표에도 긍정적인 영향을 끼쳤다는 알림이 계속
해서 들려왔다.

10만의 몬스터 무리를 상대하고 있는데 플레이어들의 사기는 점점 더 높아졌다.

신희현의 현재 레벨은 655. 말 그대로 폭업이었다. 그가 생각했던 최상의 시나리오가 펼쳐지고 있었다.

대단위 몬스터가 등장하는 삼각지. 그곳에서 듬직한 아군들을 얻어 몬스터들을 학살하고 있다. 여왕, 그리고 로자리오가 얻는 경험치는 신희현의 경험치로 귀속되는 것 같았다.

이제 남은 몬스터는 겨우 1만 남짓. 이 역시 많은 숫자임은 틀림없었지만 이대로 시간이 흐른다면 플레이어들의 승리는 당연해 보였다.

그때, 목소리가 들려왔다.

―아이씨. 전부! 전부 다 죽어버려! 전부! 다 죽어버렷!

일렁거림이 시작됐다.

로자리오는 인상을 찡그렸다.

"저 열등한 물건은…… 무엇인가?"

뱀파이어의 제왕 로자리오는 알지 못했다. 저 단단한 돌덩이의 정체를 말이다.

'플래티넘 골렘.'

신희현은 하나의 사실을 깨달았다.

'몬스터들이 사라지고…… 대신에 플래티넘 골렘이 나타나고 있다.'

신희현은 그걸 토대로 다른 사실을 하나 유추했다.

'최후의 던전이 삼각지에서 소환할 수 있는 몬스터의 수가 한정되어 있다.'

소환할 수 있는 숫자에 한계가 있는 것이 틀림없었다. 그렇지 않다면 굳이 저렇게 역소환을 통해 플래티넘 골렘만을 따로 소환하지는 않겠지.

'게다가 숫자도 적어.'

숫자가 약 300마리.

'1만에 달하는 몬스터를 역소환 시킨 뒤 플래티넘 골렘만 300여 마리를 소환했다.'

플래티넘 골렘들이 완전히 모습을 드러냈다.

'문제는…….'

[레벨: ???]

처음 나타났던 골렘들과는 달리 지금 나타난 골렘들의 레벨을 알 수 없다는 거다.

신희현의 현재 레벨은 655. 처음 최후의 던전에 들어왔을 때보다 100이나 올랐다. 그런데도 저 플래티넘 골렘들의 레벨을 알 수 없었다. 즉, 적어도 놈들의 레벨이 670 이상이라는 소리다.

'공격이 불가능해.'

자신이 공격할 수 없다면 믿을 건 이제 로자리오뿐이다. 로자리오라면 플래티넘 골렘보다 레벨이 높을 수 있으니까.

[로자리오의 소환 시간이 약 10분 남았습니다.]

문제는 로자리오의 소환 시간이 이제 10분 남았다는 것.

10분 동안 저 플래티넘 골렘 300여 마리를 상대할 수 있을까?

'불가능해.'

게다가 플래티넘 골렘에게는 피가 없다. 이빨 공격도 통하지 않는다. 서큐버스의 정신 지배 역시 먹히지 않는다. 서큐버스와 뱀파이어에게는 상극이라 할 수 있는 몬스터였다.

그때, 라이나의 목소리가 들려왔다.

'어지간히도 열이 받았나 보네.'

'라이나?'

'여기서 죽고 싶진 않겠지?'

당연하다. 여기서 죽을 거면 이 고생을 해가면서 사기를 치지도 않았다.

'너 지금 쟤네랑 싸우면 무조건 죽어. 너네 전멸이야.'

'네 힘을 빌리면?'

'네가 죽겠지. 고작 레벨 100 정도 올랐다고 내 힘을 온전히 감당할 수 있을 것 같냐? 그래 봤자 약해빠진 칸드 놈보다도 레벨 낮은 주제에.'

처음 칸드를 소환했을 때, 레벨이 약 800 정도였었다.

신희현은 인상을 찡그렸다. 라이나가 말했다. 묻지도 않았는데 알아서 말한 거다. 평소에 입을 잘 열지 않는 라이나가 굳이 이렇게 말을 하고 있는 이유가 궁금했다.

'절대 호의는 아냐. 절대로 호의 따윈 아니니깐 오해하지 말도록!'

'어떻게 해야 돼?'

신희현도 지금 당장은 방법이 떠오르지 않았다.

김상목이 말했다.

"골렘들이 걸어오고 있습니다."

뱀파이어들이 공격을 하고는 있으나 플래티넘 골렘들의 무지막지한 방어력을 뚫지는 못했다. 서큐버스들은 일찌감치 공격을 포기했다. 일부 플레이어가 플래티넘 골렘에게 공격을 가하기는 했으나 흠집조차 나지 않았다. 어그로조차 끌지 못한 거다.

플래티넘 골렘에게 있어서 플레이어들의 공격은 공기와 부딪히는 것과 비슷한 거다. 레벨 절대 룰에 의해 공격 자체가 허용되지 않으니까.

"천천히 후퇴합니다."

놈들을 자극할 필요는 없었다.

"소란 피우지 말고. 천천히."

신희현이 먼저 조금씩 뒤로 물러섰다.

로자리오가 물었다.

"친우여, 내가 무엇을 어떻게 도와주면 좋겠는가?"

"지금은……."

안타깝게도 지금은 그가 도와줄 수 있는 게 없다. 괜히 놈들을 더 자극할 필요는 없었다. 지금은 생각할 시간이 필요했다.

신희현의 생각을 읽은 로자리오는 고개를 끄덕였다.

"반가웠다, 아탄티아의 군주여. 피의 율법에 따라 그대를 도왔다. 내게 시간이 더 있었다면 저 고철 덩어리들을 모조리 휩쓸어버렸겠지만…… 그럴 수는 없겠지. 지금 그대는 저 고철들을 자극하는 것을 원치 않는군."

그리고 로자리오는 모습을 감췄다.

신희현이 천천히 뒤로 물러서며 생각에 생각을 거듭했다.

'놈을 어떻게 하면…….'

무려 300마리에 이르는 플래티넘 골렘 군단이다. 놈들이 대열을 갖추어 걸어오고 있었다. 태산이 움직여 오는 것 같은 기세가 느껴졌다.

―낄낄낄, 어때?

놈이 비웃었다.

―너희라면 분명 요 녀석들도 처리할 수 있을 거야!

라이나의 목소리가 들려왔다.

'방법이 없지는 않아.'

'혹시…….'

방금, 신희현도 한 가지 생각을 떠올렸다.

'그 혹시가 맞아.'

지금 이 상황을 타개할 수 있는 방법. 신희현은 그 딱 한 가지 방법이 떠올랐다.

신희현의 눈이 강유석을 향했다.

'파괴의 신 파빌러스.'

과거, 속성의 탑에서 파빌러스가 처음 모습을 드러냈었다.

파빌러스는 라이나와는 달랐다. 그는 라이나처럼 계약자의 몸을 생각해 주지 않았다.

라이나의 목소리가 또 들려왔다.

'강림의 형태를 취하기 때문에…… 놈들을 파괴할 수 있을 거야.'

신희현은 아주 잠깐, 눈을 감았다.

그렇다. 놈들을 파괴할 수는 있을 거다. 하지만 그다음은?

'유석이가 몸을 완전히 빼앗긴다면?'

예전에도 파빌러스가 플레이어들을 몰살시킬 뻔하지 않았던가.

'그리고…… 파빌러스가 강림하여 힘을 꺼내 쓰면…….'

강유석의 몸이 엄청나게 상할 거다. 파빌러스는 아무래도 계약자의 건강 따위는 상관없는 것 같았으니까.

'하지만 지금은 방법이 없다.'

강현수마저도 벌벌 떨고 있는 상황.

지금 파괴의 신을 강림시키는 것 말고는 플래티넘 골렘 군단을 처리할 수 있는 방법이 없을 것 같았다.

'결정을 내려야 한다.'

과연 강림한 파빌러스를 유석이가 감당할 수 있을까? 또 몸을 완전히 빼앗기지는 않을까?

결국 신희현이 결정을 내렸다.

"유석아."

"……네, 형."

강유석도 이미 예상은 하고 있는 것 같았다. 신희현이 평소와는 너무 달랐으니까. 이번엔 사기가 아니라 진짜인 것 같았으니까.

"지금은…… 강림 말고는 방법이 없을 것 같다."

강유석은 숨을 크게 들이마셨다. 안 그래도 파빌러스의 목소리가 머릿속에서 계속 울리고 있던 중이었다.

'그래, 어차피 너넨 다 죽어. 그럴 바에야 그냥 내가 강림하여 놈들을 죽여 버리는 게 낫지. 저 고철 덩어리들은 내 말 한마디면 다 바스러진다니까?'

갈등하고 또 갈등하던 중 결국 믿고 의지하고 있는 신희현마저도 강림 말고는 방법이 없단다. 강유석은 입술을 깨물었다.

'그 방법밖에…… 없나…….'

결국은 방법이 없는 것 같았다. 강림을 사용한다면 적어도 산소호흡기 정도는 붙이는 것 아니겠는가.

결국 강유석은 강림을 사용했다.

'강림.'

신희현은 강유석을 쳐다봤다. 강유석의 눈이 까맣게 물들었다. 강유석이 광소를 터뜨렸다.

"크, 크하하하핫!"

신희현의 팔에 소름이 돋았다.

'저 웃음소리.'

예전에도 들었던 적 있다.

목젖이 보일 만큼 입을 크게 벌린 채 웃음을 터뜨리고 있는 저 모습. 눈에 익숙했다.

'폭군, 강유석.'

그때의 그 모습이었다. 확실했다.

'역시 그랬다.'

과거의 강유석이 폭군이 되었던 것은 파괴의 신 파빌러스가 강림하여 그의 몸을 지배했기 때문이었다. 그건 확실해졌다.

"한낱 고철 덩이리들 주제에 아주 기고만장하구나."

강유석이 한 발자국 앞으로 움직였다.

플레이어들은 이게 어찌 된 상황인지 알 수 없었다. 기세에 특히나 민감한 길잡이인 탁민호와 임찬영은 뒷걸음질 쳤다.

'뭔가…… 이상하다.'

그때, 강유석이 팔을 들어 올렸다.

"사라져라."

그와 동시에 플래티넘 골렘 한 기의 몸이 무너져 내렸다. 돌도 갈아버릴 수 있는 거대한 믹서기에 플래티넘 골렘을 넣고 돌려 버린 것 같았다. 플래티넘 골렘의 몸이 가루가 되어 사라져 버렸다.

"너도 사라져라."

신희현의 등에서 식은땀이 흘러내렸다.

'과거보다…… 훨씬 강력한 권능이다.'

그때보다 더 큰 힘을 쓰고 있다? 그 말인즉, 강유석의 몸을 더 함부로 쓰고 있다는 소리였다.

사정을 모르는 플레이어들이 함성을 내질렀다.

와아아아아-!

그럴 수밖에 없었다. 뱀파이어도, 서큐버스도 상대할 수 없는, 플레이어들은 공격조차 할 수 없는 저놈들이 사라져 가고 있었으니까.

반면, 신희현의 얼굴은 어두웠다.

'나는 대책을 세워야 한다.'

저들처럼 마냥 기뻐할 수는 없었다. 최후의 던전에서 폭군이 재탄생했으니까.

플래티넘 골렘 대부분이 파괴됐다. 강유석의 말에 의해서 말이다. 이제 남은 골렘은 겨우 세 기 정도.

"그런데 말이야."

강유석의 시꺼먼 눈이 신희현을 쳐다봤다.

"아무래도 네가 너무 거슬린단 말이야."

신희현의 몸이 움찔 떨렸다. 저도 모르게 손발이 덜덜 떨려왔다. 뭐랄까, 본능적인 공포 같은 느낌이었다.

강유석이 씨익 웃었다.

"아무래도 너도 죽여 버리는 게 좋겠어."

8장
마지막 패

"아무래도 너도 죽여 버리는 게 좋겠어."

그 목소리가 들려왔을 때, 신희현은 회귀한 이후 처음으로 무력감을 느꼈다. 공포를 느낀 적은 있었는데 무력감을 느낀 것은 처음이었다.

'과거의 강유석보다…….'

더 강한 것 같은 느낌.

'지금의 나는 놈을 상대할 수 없다.'

그건 본능적으로 느껴졌다. 초감각과 레벨 디텍터에도 놈의 정보는 표시되지 않았다.

그건 어찌 보면 당연했다. 많이 성장한 지금도 라이나의 능력을 꺼내 쓰지 못한다. 아직 시도해 보지 않아 잘은 모르겠지만 끽해야 10초 정도 소환할 수 있을 것이다. 라이나로 본격적인 뭔가를 하려면 2~3초가 한계일 터. 그런데 저놈은 지금 강유석의 생명력을 빨아먹으며 본래의 힘을 많이 꺼내 쓸 수 있을 거다.

차라리 신희현 스스로도 강림을 사용할 수 있으면 좋겠다 만, 신희현은 강림을 유도할 수 없다. 이미 라이나와 소환으로 계약되어 있으니까.

'어떻게 해야 하지?'

강유석이 신희현에게 가까이 다가왔다.

"라이나의 계약자."

크큭 하고 웃었다.

"인간치고는 제법이었어."

신희현은 강유석에 대해 잘 알고 있다. 강유석은 상대를 처참하게 밟아버리는 것을 좋아했다. 쉽게 죽일 수 있는 상대도 그렇게 죽이지 않았다. 지금 상황에서 그건 오히려 다행이었다.

'방법을…… 생각하자.'

그러려면 일단 시간을 끌어야 했다.

"당신은…… 파괴의 신, 파빌러스……?"

반쯤은 의도했고 반쯤은 진짜로 목소리가 떨렸다.

과거의 강유석, 그 잔재가 아직도 강하게 남아 있는 듯했 다. 과거 폭군이었던 강유석의 모습. 그것이 신희현의 뇌리에 강하게 박혀 있었다.

"뭐, 저번에도 네놈이 나를 한 번 방해했었지?"

강유석이 킬킬대고 웃었다. 플레이어들은 영문을 알 수 없었다.

"도대체 뭐가 어떻게 되어가고 있는 거야?"

"저 이상한 골렘들도 아직 남아 있는데……."

골렘들은 플레이어들을 공격하기 시작했다.

"피, 피햇!"

300기의 골렘이 아닌, 단 3기의 골렘이지만 그 무력은 상상을 초월했다.

주먹질 한 번에.

쾅광!

폭발이 한 번 일었고.

"으아악!"

6명의 플레이어가 그 폭발에 휩쓸려 죽었으며 12명의 플레이어가 부상을 입었다. H/P가 절반 이상 떨어져 내린 플레이어가 그중 반이었다.

상황을 잘 모르는 플레이어 하나가 소리쳤다.

"강유석 씨! 이, 이놈들도 부탁합…… 큭!"

그 플레이어의 몸이 터졌다. 강유석이 손가락으로 가리켰더니 그런 일이 벌어졌다.

"무례하게 내게 갑자기 말을 걸면 이렇게 되는 거야."

플레이어들은 충격에 휩싸였다. 강유석이 갑자기 이상해졌다. 자세히 보니 눈도 이상했다. 시꺼멓게 물들어 있었다.

과거 변도현을 치료했던 닥터 서지석은 저 현상에 대해 대충은 알 수 있었다.

'수호신에게 잡아먹혔다.'

변도현도 예전에 그러지 않았던가.

서지석은 양지에서 혹은 음지에서 수호신에게 몸을 빼앗긴 플레이어 몇을 치료했던 경험이 있다. 그렇다 보니 신희현을 제외하고 이 상황에 대해 가장 잘 이해하는 사람이었다.

'저런 어마어마한 능력을 가진 수호신이라니…….'

저런 능력을 가진 수호신에 의해 오염되었다면 자신도 어떻게 손을 쓸 수는 없을 것이다.

'젠장, 뭐가 걸려도 잘못 걸렸다.'

그가 보니 지금 신희현도 뾰족한 대책이 없는 것 같았다. 신희현조차도 지금 진땀을 뻘뻘 흘리고 있지 않은가. 제삼자가 본 신희현의 모습은 공포에 질려 있는 모습이었다. 빛의 성웅이 저런 모습을 보일 줄은 몰랐다.

'상황이…… 안 좋다.'

신희현이 말했다.

"당신의 목적은…… 무엇입니까?"

목적 따위, 개뿔 하나도 안 궁금하다. 방법을 생각하느라 시간을 끌기 위해 물었다.

"내가 누군지 잊었나?"

"파괴의 신입니다."

"그래, 나는 파괴하는 게 취미거든."

신희현은 고개를 끄덕였다.

"어떻게든 저를 죽이시겠군요."

"응, 난 죽이는 걸 원래 좋아하는데 거슬리는 놈을 죽이는 건 더 좋아하거든."

그때, 누군가가 강유석에게 달려들었다.

"야, 이 개새끼야!!!"

강유석이 방금 죽인 플레이어의 동료인 듯했다. 검을 들고 달려드는 그의 모습은 흡사 불에 뛰어드는 나방과도 같았다. 적어도 신희현이 보기에는 그랬다.

'놈은 분명 저 플레이어를 죽인다.'

폭군이 죽이기로 마음먹었다? 그러면 막을 방법은 없다. 하지만, 이 상황을 조금은 유리하게 바꿀 수도 있다.

'어차피 놈은 나를 죽일 생각이야.'

그렇다면 지금 이 상황을 즐기고 있는 지금, 다시 말해 방심하고 있는 틈을 타서 급습하는 것이 신희현에게는 유일한 길이다.

최후의 보루로 남겨놓았던 패들을 일제히 꺼내기로 했다.

강유석이 입꼬리를 말아 올렸다.

"내가 경고했지."

그러면서도 남자를 바로 죽이지는 않았다. 자신을 향해 달려드는 모습을 보며 즐기는 듯했다.

"이 씨발 새끼! 죽여 버린다!!!"

남자는 이미 이성을 잃었다. 강유석이 플래티넘 골렘들을 손가락만으로 죽인 능력을 가졌다는 건 잊은 듯했다. 그냥 미친 듯이 달려들었다.

강유석이 플레이어의 어깨를 잡았다.

"팔부터 시작해 온몸을 찢어 죽여주마."

그때, 신희현이 임시 자유 포인트를 사용했다.

'가만히 있으면 어차피 죽는다.'

[임시 자유 포인트를 적용하시겠습니까?]

아주 잠깐, 그 어떤 것이 되었든 업그레이드를 도와주는 포인트. 저번에는 그다지 좋은 보상이 아니라고 생각했었는데 지금의 상황에서는 그렇지 않았다.

'임시 자유 포인트는……'

그 어떤 제약도 받지 않는다고 명시되어 있었다. 그 어떤 상황에서도, 그 어떤 제약에서도 자유로이, 그 어떤 대상에도 사용할 수 있는 것이 바로 임시 자유 포인트다.

[심판의 불꽃에 임시 자유 포인트를 적용합니다.]

[임시 자유 포인트가 심판의 불꽃에 적용되었습니다.]

플레이어의 팔 하나가 뜯겨 나왔다.

"크아아아악!"

비명이 터져 나왔고 플레이어들은 공포에 휩싸였다.

강유석은 소환사다. 소환사인데 어떻게 저런 일이 벌어질 수 있는가. 물리적 힘이 약한 소환사가 딜러로 추정되는 남자의 팔을 맨손으로 찢었다. 그렇다면 본신의 힘, 정령의 힘을 꺼내 쓰면 어떻게 되겠는가.

닥터 서지석은 입술을 깨물었다.

'미친…….'

수호신에 잡아먹힌 플레이어를 여럿 보아왔지만 이번은 상태가 너무 심각하지 않은가.

그때, 신희현이 권능을 발현시켰다.

'심판의 불꽃.'

단 1회에 한하여 대상을 소멸시킬 수 있는 권능. 1회에 한하여 단일 개체를 소멸시킬 수 있는 권능이다.

만약 심판의 불꽃이 여러 대상에 한꺼번에 쓸 수 있는 권능이었다면 신희현은 골렘들에게 이 능력을 사용했을 거다. 하지만 심판의 불꽃은 단일 개체에 작용하는 권능. 그래서 신희현은 이 방법을 택한 거다.

[심판의 불꽃이 적용되는 대상을 한정합니다.]

[파괴의 신 파빌러스로 한정됩니다.]

[심판의 불꽃이 피어오릅니다.]

강유석의 몸에 불꽃이 일기 시작했다. 신희현이 주먹을 말아 쥐었다.

그냥 심판의 불꽃이 아니다. 심판의 불꽃을 임시 자유 포인트로 강화했다. 파괴의 신은 아마도 임페리얼 노블레스 등급의 수호신. 그 수호신을 그냥 심판의 불꽃으로는 소멸시킬 수 없을 것 같았으니까. 그래서 등급을 올려서 사용했다.

'제발.'

어떻게 될지 신희현도 알 수 없었다.

강유석을 쳐다봤다. 반응이 있기는 있었다.

"큭……!"

강유석의 몸에서 검은색 불길이 치솟았다. 그러나 강유석은 그렇게 괴롭진 않은 것 같았다.

'이것만으로는 부족하다.'

이미 강유석을 건드렸다. 이제 모 아니면 도다.

"서지석, 유석이를 치료해."

그의 힘이 얼마만큼 도움을 줄 수 있을지는 몰랐다. 그래도 없는 것보다는 나으리라.

서지석이 힘을 끌어올렸다.

신희현이 입술을 깨물었다.

'부족해.'

그래도 아주 소용이 없는 건 아니다. 만약 파빌러스가 지금 정상인 상태라면.

'내 목부터 날려 버렸겠지.'

겉으로는 멀쩡해 보였지만 그렇게 멀쩡한 상태는 아니라는 뜻이다.

강유석이 이를 갈았다.

"죽여 버리겠다."

당장 움직이지는 못하고 있지만 시간이 흐르면 강유석은 결국 힘을 되찾을 거다.

한 가지는 확실했다.

'심판의 불꽃만으로 놈을 소멸시키기에는 역부족이다.'

서지석이 돕고.

'최후의 패를 꺼낸다.'

신희현은 마지막 패를 꺼냈다.

[앱솔루트 포션을 사용하시겠습니까?]

신희현은 이번에 가진 모든 것을 꺼내 들기로 작정했다.

어차피 실패하면 끝이다. 던전에 죽는 게 아니라 폭군 강유석에게 죽는다.

[앱솔루트 포션 효과가 적용됩니다.]

앱솔루트 포션이 뭔지 그도 잘 모른다. 다만 퓨리어스보다 상위 등급의 어떠한 포션이라는 것만 알고 있다.
'제발.'
이것이 단초가 되어 파괴의 신을 없애버릴 수만 있다면 신희현은 그걸로 족했다.

[일시적으로 레벨이 상승합니다.]
[일시적으로 레벨이 상승합니다.]
……
……
……
[일시적으로 레벨이 상승합니다.]
[일시적으로 레벨이 상승합니다.]

알림이 끝없이 들려왔다. 너무 빨리 들려 몇 번인지 확인할 수 없었다.
'이건……'

신희현은 알 수 있었다.

'레벨을 50 정도 올려준다.'

레벨 50이 증가했다.

거기에 더해.

[심판의 불꽃의 영향이 거세집니다.]

현재 사용하고 있는 권능의 능력이 더욱 강화됐다.

강유석의 입에서 피가 토해졌다.

"이 미친 새끼가!"

강유석의 몸은 지금 망가지고 있는 상태다. 파괴의 신이 강림했고, 또 그 힘을 마음껏 끌어다 쓰고 있지 않은가. 거기에 더해 심판의 불꽃 때문에 이전보다 더 많은 힘을 소모하고 있었다.

강유석이 이를 바드득 갈았다.

"반드시 죽여 버린다, 이 잡종 같은 새끼."

신희현은 그것에 동요하지 않았다. 자신의 몸 상태에 집중했다. 앱솔루트 포션은 어쩌면 과거에 강유석이 먹었을지도 모를 포션이다.

[축하합니다.]

[레벨 700에 도달하였습니다.]

그리고 레벨 700에 도달했을 때, 신희현의 몸에서 변화가
일어났다.

이상한 알림도 들려왔다.

[관리자의 조건을 만족합니다.]
[관리자의 능력이 활성화됩니다.]

신희현이 움찔 놀랐다.

관리자. 과거에도 들어본 적 있다.

시작의 방의 헬퍼가 말했었다. 혹시 관리자가 아니냐고.

[모든 영향력과 권능이 한층 강화됩니다.]

아무래도 레벨 700이 그 기점인 것 같았다.

몸에 활력이 돌았다.

[플레이어의 능력을 확인합니다.]
[플레이어의 역량을 강화할 수 있습니다.]
['길잡이' 클래스와 '소환사' 클래스를 확인합니다.]
['길잡이' 클래스를 강화하시겠습니까?]
['소환사' 클래스를 강화하시겠습니까?]

신희현은 오래 생각하지 않았다. 지금은 강유석의 몸을 집어삼킨 저 파빌러스를 상대해야 했다.

'소환사.'

['소환사' 클래스 강화에 돌입합니다.]

신희현이 강유석을 쳐다봤다.

관리자의 능력이 활성화되어 심판의 불꽃이 더욱더 맹렬한 불꽃을 피워 올렸지만, 파괴의 신은 도무지 소멸될 것 같지 않았다. 오히려 강유석의 몸만 더 빨리 망가져 가고 있다.

'미안하다, 유석아.'

몸이 망가진 건 어떻게든 고쳐 줄게.

그렇게 다짐했다. 아직 퓨리어스가 남아 있지 않은가.

'앱솔루트 포션의 효과가 이런 거였다면…….'

그랬다면 파빌러스 강림을 사용하지 않았을 거다. 앱솔루트 포션에 무슨 효과가 있는지 몰랐으니까. 아이템의 표시 내용이 '?'여서 사용하지 않았었다. 만약 알았다면 훨씬 쉽게 일을 풀어갈 수 있었을 거다.

하지만 후회는 언제나 늦은 법. 이미 일은 벌어졌고 신희현은 벌어진 일 내에서 최선의 결과를 이끌어 내야 했다.

지금은 일단 이 상황에 집중하기로 했다.

['소환사' 클래스 강화가 완료되었습니다.]
[모든 소환 관련 스킬이 강화됩니다.]

1차로 관리의 권한으로 모든 능력이 강화되었고, 2차로 소환사 클래스 강화로 인해 모든 소환 관련 스킬이 강화되었다.

'이건…… 일시적인 효과다.'

포션 덕택에 레벨 50이 올랐다. 이 포션의 유효 시간은 약 3분 정도. 이 시간이 지나고 나면 원래대로 돌아갈 확률이 매우 높았다.

'그사이 승부를 본다.'

일시적이기는 하지만 관리자라는 타이틀을 얻었다. 소환사의 능력도 한층 강화됐다. 앱솔루트 포션의 효과도 남아 있다.

'이번이 마지막 기회다……!'

강유석이 몸을 움직이기 시작했다. 심판의 불꽃에 어느 정도 저항에 성공한 것 같았다.

"죽여 버린다!!!"

강유석이 팔을 들어 올렸다. 플래티넘 골렘들을 터뜨릴 때와 똑같은 모양새였다.

그와 동시에 신희현이 마지막 도박패를 던졌다.

신희현은 심호흡을 했다.

관리자라는 타이틀을 얻었고 그것이 어떠한 영향을 끼칠지는 그도 모르는 상황.

'소환사의 비술.'

소환사의 비술을 사용했다.

[소환사의 비술을 사용합니다.]

[관리자 보정으로 인하여 소환사의 비술이 확대 적용됩니다.]

'라이나 소환.'

[라이나를 소환합니다.]

[관리자 보정으로 인하여 소환사의 비술이 확대 적용되었습니다.]

신희현은 이전에 라이나를 소환했을 때보다 훨씬 편해짐을 느꼈다. 모든 능력과 권능이 한층 강화된다고 했다. 소환사의 비술은 본래 '소환을 할 때 소모되는 마력을 없애는' 능력을 가진 스킬이었다. 그런데 이번에는 소환을 하고 그 소환 영령을 유지하고 있는 동안에도 그 능력이 적용됐다.

'훨씬…… 편하다.'

불과 2~3초에 불과했었던 소환 시간이 이제는 훨씬 길어진 느낌이었다.

'감상에 빠져 있을 시간이 없다.'

그래도 역시 체력에 부담이 되는 건 마찬가지.

강화된 권능, 심판의 불꽃이 작용하고 있는 이 시간에 승부를 봐야 했다.

교감을 통해 라이나의 생각이 전해졌다.

'마력이 급속도로 빠져나갈 거야.'

굳이 필요 없는 한마디를 덧붙였다.

'딱히 너 따위가 걱정되어 힘을 빌려주는 건 아니니까 오해하지 말도록.'

라이나의 본체는 보이지 않았다. 그저 주변이 굉장히 밝아졌다는 것만으로 라이나가 소환되어 있음을 알 수 있을 정도였다.

임페리얼 노블레스 등급의 수호신. 그녀가 힘을 발휘하는 것에는 그 어떤 알림조차 들리지 않았다. 허공에는 아무것도 없는데, 빛만 보이고 있는데 여자의 목소리가 들려왔다.

"파빌러스, 네놈의 깽판질은 여기서 끝내야 할 거야. 이 망나니야."

"닥쳐라. 겨우 소환으로 이루어진 네년의 힘이 나를 없앨 수 있을 것 같으냐?"

그사이, 플래티넘 골렘에 의한 피해가 중첩되어 갔다. 강유석이 약 297기의 골렘을 파괴했지만, 남은 3기의 전력은 플레이어들이 상대하기에는 버거웠다. 기본 레벨 차이가 너무 심하니까. 레벨 절대 룰에 의해, 그들은 플래티넘 골렘을 공격할 수조차 없었다.

그리고 수호신과 수호신이 격돌했다.

소환된 수호신과 강림한 수호신.

강림한 수호신 쪽이 기본 능력 자체는 훨씬 높지만, 소환된 수호신에게는 강화된 심판의 불꽃이라는 권능이 함께하고 있는 상황.

'힘이…… 훨씬 덜 든다.'

훨씬 덜 드는 정도가 아니었다. 이 정도면 라이나를 부리면서 또 다른 소환 영령을 소환하는 것도 큰 무리가 아닐 정도였다.

'관리자의 능력 강화가 이 정도인가.'

라이나에게 물었다.

'소환 영령을 하나 더…… 소환시킬까?'

'피닉스 불러.'

그리고 라이나는 신희현에게 요구했다.

'저 강유석이라는 꼬맹이의 몸을…… 죽지 않을 정도로 공격해. 까딱 잘못하면 죽을 수도 있을 만큼.'

'강유석을……?'

라이나가 무슨 말을 하는지는 알 것 같다.

현재 파빌러스는 강유석의 몸을 빌려 강림한 상태. 강유석은 이를테면 숙주 같은 거다. 그 숙주를 거의 파괴해 버리라고 말하는 거다.

일반적인 상황이라면 절대 불가능하지만 라이나가 파빌러
스와 상대하고 있는 상황이라면 공격이 가능할 듯했다.

'내가 망설이는 1초가 승부를 판가름할지도 모른다.'

망설일 시간은 없었다. 1초를 망설였다면 여기까지 오지
도 못했다.

'소환사의 비술.'

강화된 소환사의 비술 능력이 작용 되어 피닉스가 소환됐
다. 피닉스의 본체가 드러났다.

"교감 커넥션."

교감 커넥션을 통해 라이나와 피닉스를 이었다.

'유석이를…… 공격해.'

'주인, 진심으로 하는 말이야?'

신희현은 고개를 끄덕였다.

'나는 지금 라이나 님의 속성 보정까지 받고 있는 상태인
데? 잘못하면 죽어.'

'알아.'

이 일은 자신에게 책임이 있다. 아무리 방법이 없었다 할
지라도 강유석을 이용했다. 거기에 더해 강유석을 공격까지
하려고 하고 있다. 그는 도의적인 책임을 질 것이고, 강유석
에게 진심으로 용서를 구할 생각이다. 이기적이라고 욕해도
다 받아들일 생각이다. 그 욕을 받아들이려면, 그러니까 강

유석 혹은 다른 플레이어들이 욕이라도 하려면.

'일단은 네가 살아야 한다.'

일단은 어떻게든 살려야 했다.

'내가 반드시 구해줄게.'

피닉스가 날아올랐다. 그리고 곧바로 강유석을 향해 날아들었다. 강유석의 심장을 향해 피닉스가 빛의 창이 되어 일자로 쏘아져 나갔다.

파빌러스가 비명성을 토해냈다.

"이런 미친 새끼들이!"

강유석이 무릎을 꿇었다. 입에선 피가 토해져 나왔다.

그의 몸 전체를 어떠한 성스러운 느낌의 빛이 감싸고 있었다. 라이나가 '파빌러스의 존재'를 공격하고 있는 거다.

플레이어들은 플래티넘 골렘에게서 도망치면서도 신희현의 상황을 주시했다.

김상목이 물었다. 이곳을 이끄는 또 다른 리더라 할 수 있는 길잡이 탁민호에게 말이다.

"탁민호 씨, 지금 이건 도대체……."

"저도 잘……."

탁민호라고 해도 알 수 없었다. 하지만 눈치는 챘다.

'신희현 씨는 어떻게든 상황을 타개할 거다.'

불가능처럼 보였던 일들도 신희현은 뚫고 왔다. 이참에 신희현에게 빚을 지워놓는 것도 나쁘지 않을 거다.

"빛의 성웅은…… 자신과 동료의 목숨을 담보로 삼아 골렘들을 죽인 겁니다."

"……예?"

"예전에도 강유석 씨는 저런 적이 있었죠. 그때도, 플레이어들이 위험했을 때였습니다. 지금도 마찬가지죠. 저것 외에 다른 방법이 전혀 없을 때, 강유석 씨는 저걸 사용하는 겁니다. 수호신에게 일부러 잡아먹힌 것 같아요."

"……그런…….."

전투를 벌이는 와중에도-더 정확히 말하자면 도망쳐 다니는 와중에도- 탁민호의 말은 일파만파 퍼져 나갔다. 강유석이 금단의 기술을 사용하여 플래티넘 골렘들을 파괴했고, 신희현이 나서서 그 강유석을 제압하고 있다고.

탁민호가 말했다.

"모르긴 몰라도…… 빛의 성웅은 단일 대상으로 하는 커다란 힘을 발휘할 수 있는 능력이 있는 것 같습니다. 골렘들은 상대할 수 없지만, 강유석 한 명은 상대할 수 있는. 그런 힘 말입니다."

"……."

과연, 듣고 보니 그럴듯했다. 김상목은 고개를 끄덕였다. 그 말이 계속해서 퍼져 나갔다. 입에서 입으로 전해지다 보니, 빛의 성웅과 강유석이 자신들을 희생하여 온몸을 불사르고 있다고 알려졌다.

신희현이 대놓고 사기를 치지 않았는데 이상하게 분위기가 그렇게 흘러갔다. 지금 피닉스와 라이나가 피워 올리고 있는 빛의 향연이 그 말에 신빙성을 더해주었다. 엘렌과는 또 다른 의미로 성스러웠으니까.

[스킬, 빛 폭발을 사용합니다.]
[관리자 보정으로 인하여 빛 폭발의 범위를 한정할 수 있습니다.]
[빛 폭발의 범위에 따라 파괴력이 결정됩니다.]

빛 폭발은 광역 공격이다.

그 광역 공격의 범위를 좁게 하면 그 좁은 부위에 커다란 대미지가 가해지고 범위를 넓게 하면 넓은 부위에 골고루 대미지가 가해지는 형태였다. 그 파괴력 자체가 훨씬 높아지는 것 역시 두말할 필요 없는 사실.

'유석이라면…… 버텨낸다.'

죽지는 않을 거다. 여태까지 강유석과 함께 생활했다. 강유석의 능력에 대해서 그 누구보다도 잘 알고 있는 길잡이다.

피닉스가 다시금 날아올랐다.

'주인, 진짜 간다.'

알림이 들려왔다.

[소멸 불가 대상입니다.]
[관리자의 권한으로 소멸 불가 권능을 해제합니다.]
[파괴의 신, 파빌러스를 소멸시켰습니다.]

그와 동시에 수많은 알림이 들려왔다.

[레벨이 올랐습니다.]
[레벨이 올랐습니다.]
…….
…….
[레벨이 올랐습니다.]
[레벨이 올랐습니다.]

레벨이 오름과 동시에 레벨이 떨어져 내렸다.
앱솔루트 포션의 효과가 다한 거다.

[레벨이 하락하였습니다.]
[레벨이 하락하였습니다.]

…….

…….

[레벨이 하락하였습니다.]

[레벨이 하락하였습니다.]

레벨이 상승하고, 동시에 하락하면서 알림이 정신없이 들려왔고 거기에 더해 라이나의 말까지 들려왔다.

'징하다, 징해. 인간의 몸으로 파빌러스를 없애다니.'

'끝난 건가……?'

신희현도 얼떨떨했다. 파빌러스, 그러니까 과거의 폭군 강유석을 조종하던 그놈을 없애버린 것이 맞는 건가 싶었다.

'그래, 이 몸이 도와줬기 때문에 네가 안 죽은 거야. 알지?'

'……'

여신치고는 지나치게 생색을 많이 내기는 했지만.

라이나가 말을 이었다.

'당연한 말이지만, 이 세계에서만 소멸시킨 거야.'

'무슨 뜻이야?'

'아무리 이곳의 관리자 권한을 얻었다 할지라도 네 녀석 따위가 파빌러스를 완전 소멸시킬 수 있다고 생각해?'

간만에 라이나는 말을 많이 쏟아냈다.

'천만의 만만의 말씀. 너는 그냥 파빌러스가 이 세계에 발을 딛지 못하도록 만든 것뿐이야. 어쨌거나 네가 다른 세상

으로 가지 않는 한, 파빌러스를 보게 될 일은 없겠지.'

신희현은 강유석에게 달려가 강유석의 입에 퓨리어스를 흘려 넣었다. 그리고 신강철을 불렀다.

"신강철!"

현재 버퍼와 힐러들은 플래티넘 골렘들과 거리를 유지한 채 탱커들의 보호를 받고 있다. 어찌 됐든 그들은 고급 자원이고 보호 대상이었으니까.

골렘이 겨우 3기밖에 없어서 다행이지 만약 더 있었다면 아마 이들조차 보호받지 못했을 거다.

신강철이 헐레벌떡 뛰어왔다.

"형!"

그 역시 마음의 준비를 하고 있었다. 강유석이 이렇게 될 때부터, 이미 마력을 끌어올리던 중이었다.

신강철이 스킬을 사용했다.

"완전 회복."

히든 던전 고대 호수에서 얻었던 보상들. 신희현이 임시 자유 포인트를 얻었고, 강민영이 시너지 이펙트를 얻었었다. 그때, 신강철은 '완전 회복'을 얻었었다. 여태까지는 사용할 일이 없었다. 완전 회복을 사용하면 시전자 본인이 24시간 동안 행동 불능 상태에 빠져드니까.

신강철의 몸이 밝게 빛났다. 강유석의 몸 역시 빛났다.

'제발……!'

파빌러스의 영향으로, 또 피닉스의 공격으로 강유석은 완전히 만신창이가 된 상태.

알림도 들려왔다.

[정식으로 관리자의 권한을 획득합니다.]

앱솔루트 포션 효과로 인한 레벨 업을 통한 일시적 관리자 권한 획득이 아닌 진짜 관리자 권한을 얻었다. 그 말은 곧, 신희현이 실제로 레벨 700을 돌파했다는 소리였다. 24시간 레벨 업 특전을 받고 있는 와중에 무려 파괴의 신 파빌러스를 사냥했기 때문이다.

레벨 700까지 단숨에 레벨 업 했다. 그러나 기쁘지 않았다. 지금은 강유석이 눈을 뜨는 게 더 중요했다.

'유석아……!'

그때, 강유석의 몸이 움찔 움직였다. 죽지는 않았다. 거의 0에 가깝던 H/P가 느리지만 천천히 차오르고 있는 게 보였다.

신강철은 번 아웃에 빠져들었다. 신희현은 신강철을 안아 들었다. 동생은 자신이 지켜야 하지 않겠는가.

신희현은 주위를 둘러봤다.

'이제 나는…….'

남은 일이 있다. 골렘을 절대로 쉽게 죽여서는 안 됐다.

이 상황에 대한 당위성을 충분히 부여해야 했다. 강유석이 어쩔 수 없이, 정말 어쩔 수 없이 마지막 카드를 꺼냈고 그래서 이런 상황이 펼쳐졌다는 걸 어필해야 했다. 그러려면 플래티넘 골렘이 지나치게 강하다는 것을 보여줘야 했다.

이럴 땐 역시 라비트가 최고다.

"라비트, 놈들을 파괴해."

교감으로 몰래 요구했다.

'최대한 힘들게. 파괴가 거의 불가능한 것처럼 보일 정도로.'

거기에 더해 최상급 정령으로 등급이 올라간 윈더를 불렀다.

'윈더, 무조건 화려하기만 한 이펙트를 넣어.'

그뿐만 아니라 루시아와 마틴까지 소환됐다. 가히 군단이라고 일컬어도 될 그들이 눈으로 보기에만 화려한 공격을 퍼부었다. 아마도 가슴속에 있으리라 짐작되는 핵은 교묘하게 피해서.

그들은 교감 커넥션으로 이어져 있는 상태이고 서로의 생각을 다 읽을 수 있는 상태다. 그리고 엘렌, 그녀는 교감 커넥션으로 이어져 있지는 않지만 신희현의 속셈을 눈치챘다. 이제 척하면 척이다.

'제왕 빛기꾼……!'

엘렌이 날개를 펼치고 성스러운 빛을 뿌렸다. 물론, 전투에는 하등 도움도 안 되는 그냥 눈요기다.

거기에 더해 강민영도 신희현이 뭘 하는 건지 눈치챘다.

'나도 도울게, 오빠.'

일단 무작정 화려하기만 한 스킬을 퍼부어 대기 시작했다.

신희현이 한쪽 무릎을 꿇고 쓰러졌다. 탁민호가 달려왔다. 그 역시, 신희현의 상태를 눈치챈 상태.

'별로 위급하지 않다.'

하지만 탁민호는 마치 신희현이 매우 위급한 것처럼 행동했다.

"괜찮습니까?! 힐러! 힐 주세요!"

탁민호는 스킬을 사용하여 신희현의 H/P를 속였다. 기만 스킬이며 이것은 탁민호의 처세술이기도 했다. 시키지도 않았는데 알아서 사기를 잘 쳤다.

"힘을 지나치게 사용하여 H/P가 줄어드는 현상입니다."

그의 눈빛이 이렇게 말하는 듯했다.

제가 바로 처세술의 대가죠. 잘했죠? 앞으로 잘 좀 부탁드립니다, 헤헤.

그렇게, 아주아주 힘들게 골렘들을 파괴할 수 있었다.

강유석도 정신을 차렸다. 여론은 나쁘지 않았다. 애초에 여론이 신희현에게 유리하게 작용하고 있던 차에 골렘을 사냥하는 것도 직접 눈으로 봤기 때문이다.

어차피 그들은 신희현과 강유석이 아니었으면 여기서 전

멸했을 입장이었다. 불만을 가질 수 없었다. 설사 불만을 가진다 하더라도 지금 이 순간 불만을 터뜨릴 수는 없었다. 폭군이지 않다뿐이지 신희현은 이곳의 절대자였으니까.

그런데 신희현조차도 믿을 수 없는 알림이 들려왔다.

—젠장.

그 소년의 목소리였다.

—인정할 수밖에 없네.

툴툴대며 말했다.

—최후의 던전 클리어를 인정할게.

신희현이 인상을 찡그렸다.

그럴 리 없다. 아니, 그러면 안 됐다. 최후의 던전은 이렇게 클리어될 수 없다. 아직 숨겨진 퍼즐을 풀지 못했다. 이건 반드시 풀어야 했다.

'이건…… 아닌데.'

뭔가 이상했다. 그리고 눈치챘다.

'뭔가…… 있다.'

9장
맞춰진 퍼즐

'이럴 리 없다.'

최후의 던전이 이렇게 쉽게 클리어된다?

물론 그럴 수 있다. 그는 지금 듣도 보도 못한 권능과 힘을
가진 관리자로 새롭게 태어났으며 최후의 던전의 목소리조
차도 '다음에는 무조건 큰 보상을 줄게'라고 속삭이지 않았던
가. 그리고 최후의 던전이 쓸 수 있는 모든 힘을 플래티넘 골
렘 소환에 모두 소진해 버렸을지도 모를 일이다.

어쨌거나 이렇게 클리어가 된다는 것 자체는 그렇게 큰 문
제가 아니었다.

'단서가 아직 남아 있는데.'

그러나 단서가 남아 있는데 클리어가 된다는 건 이상한 일

이다.

[’보상의 방’ 이동까지 60초 남았습니다.]

플레이어들이 서로를 얼싸안았다. 그 이름이 무려 ‘최후의
던전’이다. 그곳을 클리어했다니 얼마나 기쁜가.

강민영이 신희현 옆에 섰다.

“오빠, 왜 그래?”

이상했다. 신희현이 하나도 기뻐 보이지 않았다. 신희현은
확신했다.

‘우리가 뭔가를 놓치고 있어.’

과거에는 보상의 방으로 바로 이동했었다. 여태까지 모두
그랬었다. 보상을 산정하더라도 일단 보상의 방으로 이동한
다음에 했다.

‘그런데 굳이 60초의 시간이 주어졌다.’

전 단계의 경험들과는 전혀 무관한 다른 형태의 무언가다.
그러면 길잡이는 그것을 의심해 보는 게 맞았다.

탁민호와 임찬영 역시 뭔가를 눈치챈 것 같았다. 하지만
그게 무엇인지 몰라 말을 하지 못하고 있는 것처럼 보였다.

‘남은 시간은 50초.’

남은 단서는.

‘최성일과 임설희가 가지고 있는 지도.’

그들이 가지고 있는 지도.

또 다른 히든 던전을 클리어하고 있던 강현수가 없었다면 해석할 수 없었던 그 지도 말이다.

－자격을 갖춘 자, 마지막의 마지막에 다다른 자, 별들의 옥좌를 알현하리라. 알파와 오메가를 얻을 것이요, 시작과 끝을 선택하게 되리라. 시작의 열쇠를 불태우라. 그대는 이 미 알고 있으리니.

자격을 갖춘 자.

'이것은 관리자를 뜻하는 것일 확률이 높다.'

남은 시간은 이제 약 45초.

'마지막의 마지막에 다다른 자. 이건 최후의 던전 클리어 를 암시하는 거라면…….'

그렇다면 어떤 다른 조건을 만족한다면 또 다른 무언가가 나타날 확률이 높다. 물론, 여기서 그 무언가는 아마도 별들 의 옥좌가 될 것이다.

'예전의 경험을 비추어 보면…….'

그냥 예전의 경험이 아니다. 일반 던전이 아닌 '메인 던전' 아탄티아의 경우를 돌이켜 봤다. 아탄티아가 강력한 던전인 것은 맞았지만 왜 '메인'이라는 표현이 있을까. 그것에 중점 을 뒀다.

'임설희와 최성일을 통해 알지 못한 길을 개척했었다.'

메인 던전의 마지막 관문, 여왕의 성으로 향하는 옳은 길을 그들이 가진 지도에 힘입어 찾아냈었다.

−바로 좌로 우로 굽은 길. 위 아래로 꺾인 길. 영원히 헤매는 기로와 선택의 갈림길.

지도가 나타내는 길이 그랬었다.

'메인 던전, 여왕, 옳은 길.'

그 단서를 조합하면.

'정말 마지막 관문은 별들의 옥좌.'

그리고 그 별들의 옥좌로 향하는 키는.

'저들이 가진 지도.'

거기에 더해 가지고 있는 경험.

최성일과 임설희는 지도를 찢어 던전을 활성화시켰었다.

−시작의 열쇠를 불태우라. 그대는 이미 알고 있으리니.

이미 알고 있다고 했다.

시작의 열쇠가 무엇인가. 지도를 찢어 던전을 활성화시켰던 것으로 유추하면 이번에는 지도를 불태우라는 뜻일 가능성이 있다.

'남은 시간은 25초.'

그에게는 두 가지 선택지가 있었다. 하나는 최성일과 임설희가 가진 지도를 불태우는 것이요.

'또 하나는 피닉스.'

과거에 강유석은 피닉스를 사용했었다. 피닉스가 힘을 개봉하지 않으면 열쇠의 형태로 존재한다. 강유석은 어떤 방을 여는 데 그 키를 사용했었다.

'그 당시 강유석은 관리자의 힘을 얻었을 확률이 높아.'

과정이야 어찌 됐든 자신과 비슷한 길을 걸었을 확률이 높다. 폭군으로서 말이다.

'하지만 그 폭군이 그 폭군이 아니지.'

신희현은 이번에 정확하게 느꼈다. 과거의 강유석이 단순히 파빌러스에게 조종당한 것이 아니라는 것을.

'내게 남은 선택지는 두 개뿐이다.'

두 개로 가능성을 좁혔다. 남은 시간은 이제 20초가량. 여태껏 미루고 미뤄왔던 하나의 일을 처리해야 했다.

'소환사의 비술.'

그리고 정령왕 칸드를 소환했다. 관리자의 각종 보정을 받아 칸드가 모습을 드러냈다.

신희현이 교감을 통해 말했다.

'모습을 숨겨.'

정령왕은 과연 정령왕이었다. 그저 허공에 존재하는 바람처럼 모습을 숨겼다.

칸드가 툴툴거렸다.

'나는 왜 정령신으로 등급이 올라가지 않는 거냐?'

신희현은 그 이유를 알람을 통해 들었다. 애초에 로얄 노블레스 등급이란다. 그래서 그 위 단계로 올라갈 수 없다 했다. 대신 능력치가 대폭 향상되었단다.

'뭐, 아쉽긴 한데 나름 만족할 수 있는 수준이네.'

어쨌든 정령신에 성큼 가까워졌다. 차기 정령신은 자신이 될 거다. 저 재수 없는 불의 정령왕 페딕스 같은 놈을 제치고 말이다.

'그런데 도대체 무슨 생각이냐?'

신희현이 교감을 통해 생각을 전달했다. 정령왕 칸드는 이해할 수 없다는 듯 인상을 찡그렸다.(물론 그 누구에게도 모습이 보이지는 않았다.)

칸드가 되물었다.

'제정신이냐?'

칸드는 신희현의 명령을 이해할 수 없었다.

'어째서?'

그러다가 칸드는 이내 고개를 끄덕였다.

'알았다.'

그와 동시에 강민영이 풀썩 쓰러졌다. 정령왕 칸드의 바람창이 그녀의 목 뒷덜미를 공격했기 때문이다.

신희아가 꺄악! 비명을 질렀다.

"……오빠!"

그녀는 깨달았다. 강민영을 공격해서 기절시킨 사람이 다름 아닌 신희현이라는 사실을 말이다.

"오, 오빠! 미쳤어?!"

혹시 그 밝음의 여신이라는 여자한테 오빠도 몸을 빼앗긴 게 아닐까 싶을 정도였다. 그러면 이곳은 기쁨과 환희의 현장이 아니라 공포와 재앙의 현장이 될 거다. 강유석보다도 훨씬 강한 폭군이 나타나게 될 테니까.

신희현은 입술을 깨물었다.

'남은 시간은 이제 15초.'

동시에 일을 진행해야 했다.

"최성일 씨, 임설희 씨. 지도를 불태워요. 최후의 던전은 아직 끝나지 않았으니까."

그의 말에 힘이 실렸고 기뻐하던 플레이어들 사이에 침묵이 감돌았다.

당황한 최성일과 임설희도 황급히 지도를 꺼내 들었다.

"마지막 관문, 별들의 옥좌가 아직 남았습니다."

그와 동시에 정령왕 칸드가 바람을 크게 일으켰다.

현재 이곳은 삼각지. 모래와 흙이 가득한 곳이다. 모래폭풍이 불어닥쳤다. 앞이 보이지도 않을 정도.

칸드가 일으킨 에메랄드빛 바람이 모래로 이루어진 땅을

후벼팠다. 마치 바람으로 이루어진 드릴이라도 된 것처럼 땅을 깊게 파 들어갔다.

칸드의 눈을 통해 봤다. 신희현의 눈에 누군가가 똑똑히 잡혔다. 신희현의 초감각에도 잡히지 않을 정도로 깊은 곳에 누군가가 숨어 있었다.

'이 개새끼.'

언젠가 반드시 모습을 드러낼 거라고 생각하고 있었다.

풀리지 않던 퍼즐들이 파빌러스가 강림한 강유석을 통해 풀어졌다.

과거, 탁민호는 '상생의 길'이 아닌 '군주의 길'을 선택했었다. 강유석은 폭군으로 군림했었다. 신희현은 그걸 이해할 수 없었다. 이번에 강유석과 부딪쳐 보면서 강유석의 힘을 비교적 정확하게 느낄 수 있었다. 과거의 강유석은 파빌러스가 모든 힘을 꺼내 쓰지 않은 상태였다. 그러니까 2년 동안 군림하면서 살 수 있었을 거다.

하지만 신희현이 경험한 파빌러스는 강유석이 2년씩이나 버틸 수 있도록 배려해 주지 않는 놈이었다. 그 말은 곧 파빌러스가 그 당시에 강림이 아닌 소환의 형태를 이루고 있었다는 뜻이다.

'다시 말해 유석이는 놈에게 조종당하지 않았어.'

파빌러스에게 조종당하지 않았다. 강유석은 그를 소환해서 사용했다. 그런데 미친놈처럼 폭군으로 군림했다. 세상이 변하고 나서 무려 8년이 지나서야 갑자기 말이다.

'그리고 민호 형은 군주의 길을 선택했었지.'

그가 아는 탁민호는 절대 군주의 길을 선택할 리 없었다.

'마지막으로…… 강유석은 내게 HAN을 넘겼다.'

절대 이해할 수 없는 그 세 가지.

그래서 신희현은 가정을 하나 했다. 강유석이 마지막 순간에 누군가로부터의 조종에서 벗어나 HAN을 넘겼다고 말이다.

'그 당시 강유석은 초월자보다는 강했고 관리자보다는 약했어.'

그 말은 곧 레벨이 500~700 사이라는 소리다. 신희현이 봤던 강유석은 아마도 레벨이 600대 중반이었을 확률이 높다.

'그때 앱솔루트 포션을 사용했다면.'

그래서 관리자의 권한을 얻어 갑작스레 모든 권능이 증폭되었다면?

'그래서 잠깐이지만 어떠한 통제에서 벗어날 수 있었다면.'

그럴듯한 가정이었다. 왜냐하면 신희현은 앱솔루트 포션이라는 것이 있는지 전혀 모르고 있었으니까. 강유석이 마지막 순간까지 사용하지 않고 가지고 있었다면 신희현은 그걸 전혀 알 수 없었을 테니까.

마지막의 마지막 순간에 제정신을 차린 강유석이 신희현 자신에게 HAN을 넘겨 버렸다면?

'왜 하필이면 그게 신희현 자신인가?'라고 묻는다면 정확하게 대답할 수는 없지만 신희현은 그렇게 느꼈다. 그 당시, 강유석은 그 대단하다는 길잡이인 홍경식보다도 자신을 데리고 다니길 원했으니까. 이유는 알 수 없었다. 그저 폭군이 까라면 까야 했기에. 그래서 열심히 그와 함께 레이드를 다녔었다.

'어쩌면……'

그 강유석을 통제하고 있는 어떤 대상이 당시의 자신, 그러니까 신희현을 적수로 생각하지 않고 있어서 방심했다는 가정도 해볼 수 있었다.

'그래.'

신희현의 머릿속에서 그림이 그려졌다. 놈은 누군가를 조종할 수 있는 능력을 가지고 있다. 그리고 그 능력도 한정이 되어 있을 터.

'만약 내가 그놈이었다면……'

폭군이 강유석을 비롯하여 신희현 자신보다 더 유능하고 뛰어난 플레이어들을 조종했을 거다. 자신은 그 견제 혹은 이용의 대상에서 벗어나 있었을 거다.

'그래서 강유석은 앱솔루트 포션을 사용하여 제약에서 벗어난 뒤, 그놈의 감시망에서 안전한 대상인 나에게 HAN을 넘겨 버린 거다.'

그리고 탁민호 역시 누군가의 조종을 받아 상생의 길이 아닌 군주의 길을 선택했겠지.

그 외에도 그 어떤 선택들에 그놈이 관여했는지는 확실하지 않았다.

또한 몇 가지 제약이 있었을 거라 추측된다. 24시간 내내 타 플레이어를 조종할 수 있는 것도 아닐 거다.

놈은 신희현의 교감처럼 타 플레이어를 통해 세상을 바라볼 수 있는 능력을 가지고 있으면서 필요할 때에만 조종을 한다거나, 몇 가지 금제를 가지고서 타 플레이어의 행동을 제약하거나 하는 등의 제한된 능력을 가지고 있을 거라고 말이다.

신희아가 신희현의 몸을 마구 흔들었다.

"오빠! 미쳤어?! 미쳤냐고!"

그리고 만약.

'내가 그놈이라면…….'

자신을 가장 견제했을 터.

신희현 자신은 단 한 번도 조종을 당한 적이 없다. 그건 확실하게 느꼈다.

그렇다면 자신을 가장 쉽게 공격할 수 있는 대상은?

바로 강민영이다.

'라비트, 이제 나와.'

강민영의 그림자에 숨어 있던 라비트가 모습을 드러냈다.

"이거 영…… 찜찜하오. 레이디를 공격하다니. 라비트의 이름이 울겠소."

신희현이 굳이 눈에 보이는 바람 창을 통해 강민영을 공격한 건 눈속임이었다. 그전부터 이미, 칸드는 지면 밑을 탐색했으며 돌풍이 불어닥치기 전부터 놈을 찾아다니고 있었다.

칸드가 놈의 위치를 거의 찾았을 때, 그림자 속에 숨은 라비트가 강민영을 공격하여 기절시키며 놈의 시선을 분산시켰다. 아무래도 놈은 재빠르게 몸을 내빼는 능력이 있는 것 같았으니까.

'마지막의 마지막 순간.'

최후의 던전이 클리어되는 그 순간, 놈은 아마 뒤통수를 치려고 대기하고 있었을 거다.

'불행한 건…… 민영이의 권능을 내가 알고 있거든.'

이상하게 생각하고 있었다. 강민영이 '불의 법관'이라고 불릴 수 있었던 진짜 이유는 강민영이 얻었던 스킬인 '불의 심판' 때문이었다. 레벨 격차를 무시하고서 공격을 할 수 있는 유일무이한 스킬.

불의 법관은 '불의 심판'을 통해 강한 몬스터들을 잡을 수 있었다. 그래서 예전에 지나치는 듯, 언뜻 묻지 않았던가. 익히고 있는 스킬이 그게 다냐고.

'보상의 방으로 이동하기까지…… 5초.'

아직 시간은 충분했다. 그럴 리 없는데 강민영이 자신을 속이고, 그럴 리 없는데 탁민호가 이상한 선택을 했고, 그럴 리 없는데 강유석이 돌아버렸다.

'큰 줄기는 바뀌지 않는다.'

결국 큰 줄기는 바뀌지 않는다는 거다. 놈은 같은 클래스를 얻었고 그때와는 약간 다른 방식이지만 그때와 마찬가지로 뒤에서 군림했다.

누군가의 몸이 칸드의 바람에 휩싸여 올라와 쿵! 떨어져 내렸다. 정령왕 칸드의 바람이 그의 몸을 구속했다.

'절대 도망치지 못하게 만들어.'

그리고 열쇠 모양의 피닉스가 불타올랐다. 열쇠 모양으로 봉인이 되어 있다 해도 그래도 역시 피닉스다. 지도를 불태울 정도의 힘은 충분히 낼 수 있었다. 두 가지 선택지 모두를 선택해 버린 거다. 열쇠 모양의 피닉스가 불타올랐고 최성일과 임설희가 가진 지도도 함께 타올랐다.

탁민호가 떨떠름하게 물었다.

"도대체…… 무슨 일이 벌어진 겁니까?"

칸드에게 구속되어 몸부림치고 있는 남자가 얼굴을 보였다.

신희현의 귀에는 알림이 들려왔다.

['별들의 옥좌' 발현 조건이 일부 만족되었습니다.]

　남은 시간은 이제 3초.
　일부 만족되었다는 건 반쯤은 맞혔다는 거다. 그렇다면 남은 반은?
　남은 시간은 이제 2초.
　'놓치고 있는 단서는.'
　하나 있었다.
　'또 다른 빛의 성웅.'
　로자리오의 오랜 친우였다고 알려져 있는 프랑크. 그는 화형을 당했다고 했다.
　신희현의 상식에서는 있을 수 없는 일.
　만약 프랑크가 있던 곳에도 레벨 절대 룰이 있었다 생각한다면 그 누구도 프랑크를 불태울 수 없었을 거다.
　"강동훈, 페딕스로 나를 불태워!"
　다만, 불태우는 것처럼 보일 수는 있었을 거다. 바로 지금처럼 말이다. 신희현의 몸이 활활 불타올랐다.
　'이게 맞기를.'
　이것조차 남은 조건을 만족시키지 못한다면 그러면 이 퍼즐은 완벽하게 맞출 수 없는 거다.
　신희아는 정신이 없었다.
　"오빠!"

오빠가 이상한 짓을 벌여 민영 언니를 기절시키는가 싶더
니 땅속에서 이상한 남자 하나가 튀어나왔고 갑자기 또 강동
훈이 오빠를 공격했다. H/P 자체에는 영향이 없었지만 어쨌
든 오빠가 불타오르고 있는 그 상황이 아주 평온한 상황은
절대로 아니었다.

알림이 이어졌다.

[별들의 옥좌 발현 조건이 완료되었습니다.]

시작의 열쇠를 불태워라.

그 말은 곧 지도를 불태우고 그와 동시에 빛의 성웅 스스
로를 불태우라는 뜻이었다.

이미 알고 있다고 했다.

그 말이 맞았다. 그는 프랑크에 대한 이야기를 이미 알고
있었으니까.

'그냥 헛소리 설정은 아니었다.'

[별들의 옥좌가 생성됩니다.]
[별들의 옥좌는 독립된 시간과 공간입니다.]

신희현은 어지러웠다. 머리가 아픈 것과는 약간 달랐다.
세상이 빙글빙글 돌고 있는 것 같은 기분이 들었다. 속이 메

스꺼웠다. 자칫 잘못하면 구역질이라도 할 것 같았다.

'제기랄……'

이 정도로 속이 뒤집어지는 것은 오랜만이다.

'별들의 옥좌?'

그게 뭔가.

'라이나도 곧 알 수 있다고 했다.'

라이나가 그렇게 말했다. 아마도 라이나는 관리자, 혹은 그보다 상위 등급의 어떤 것일 확률이 높았다. 아니면 정말로 시스템에서 말하는 신일 수도 있고.

그때, 라이나의 목소리가 들려왔다.

"어때? 여기 온 기분이?"

어라, 내가 잘못 들은 건가.

"어떠냐니까?"

"……."

아니었다.

"……라이나?"

신희현은 라이나의 본체를 본 적이 없다. 하지만 신희현은 보는 순간 알 수 있었다. 저 여자가 라이나다.

주위를 둘러봤다.

'이곳은……'

여기가 별들의 옥좌인가.

어두웠다. 마치 밤하늘을 올려다보는 것 같았다. 그리고 그 밤하늘은 계단 형식으로 생겼다. 세 칸으로 나누어져 있었다. 그리고 맨 위 칸, 7개의 황금 의자가 있는 그곳에 라이나가 있었다.

라이나가 피식 웃었다.

"결국 여기까지 해냈네."

"이곳은…… 어디야?"

"어디긴, 별들의 옥좌지. 옆에 한 자리가 더 있었는데. 네가 소멸시켰잖아."

별들의 옥좌. 어떤 관문 같은 것은 아닌 모양이었다.

"파빌…… 러스?"

"그래, 그래서 여기에는 모습을 못 드러냈어. 이를 바득바득 갈고 있던데. 다른 곳에서 보면 죽여 버릴 거라고."

신희현은 어깨를 으쓱했다.

'그렇다면 다른 의자에 앉아 있는 저들이…….'

저들은 아마도 임페리얼 노블레스 등급의, 시스템이 말하는 '신'일 확률이 높았다.

총 일곱 자리.

그중 한 자리는 비어 있고 나머지 다섯 자리에 누가 있는지는 보이지 않았다.

"너는 내 계약자니까 내가 보일 거야. 하지만 다른 녀석들은 볼 수 없어."

신기한 느낌이었다. 의자에 분명 아무도 없는데 누군가 있는 느낌이 들었다. 그것도 자신을 쳐다보고 있는 느낌.

"근데 라이나⋯⋯."

"왜?"

생각보다 엄청 어려 보였다. 조금 불경한 말일지도 모르겠다만 초등학생 정도 되어 보였다. 아주 가끔, 라이나의 모습을 떠올릴 때면 이상하게도 어린 여자아이의 모습이 떠오르곤 했었는데. 그 모습이 딱이었다.

라이나의 무시무시한 능력을 모르는 건 아니지만 겉모습을 보면 왠지 긴장이 많이 풀어지는 느낌이었다.

하지만 '너 생각보다 완전 어려 보이잖아? 그런 주제에 그렇게 어른인 척한 거야?'라고 말했다가는 무슨 끔찍한 일이 벌어질지 모르는 일이다.

그래서 화제를 돌렸다.

"아무것도 아냐. 그나저나 난 이곳에 왜 온 거야?"

"그거야 네 녀석이 결국은 최후의 던전을 클리어했고 고대 던전들을 거쳐서 결국 별들의 옥좌까지 도달했기 때문이지."

라이나는 옆을 쳐다봤다.

"별들의 옥좌까지 온 녀석이 5만 년 만인가?"

"⋯⋯."

아무 목소리도 들리지 않았다. 역시 신기한 느낌이었다.

아무 목소리도 들리지 않고 무슨 뜻인지도 모르겠는데 라이나는 분명 대화를 하고 있었다. 대화를 하고 있다는 느낌이 들었다.

'어쩌면 그 5만 년 전의 인물은 프랑크일 수도 있겠어.'

라이나가 말했다.

"음, 여기까지 왔으니까. 이에 대한 설명이 필요할 거야."

이곳은 세 층으로 이루어진 옥좌들의 모임.

황금 의자가 많이 있었지만, 신희현의 눈에 보이는 건 오로지 라이나뿐이었다.

그런데 맨 밑층, 그러니까 신희현과 가장 가까운 곳에 있던 의자에 누군가가 보였다. 아무것도 없는 것처럼 보였는데, 또 당연히 그곳에 있는 것처럼 느껴졌다.

이곳은 이상한 공간이었다. 신희현은 그곳에 누군가가 나타났다는 사실 자체에 놀라지는 않았다.

다만.

"강유석……?"

강유석의 모습이 보여서 놀랐다. 라이나와는 느낌이 조금 달랐다. 강유석의 몸이 약간 투명에 가까웠다. 홀로그램처럼 보였다.

"오랜만이야, 희현이 형."

"……."

오랜만이란다.

'저 모습은 마치…….'

신희현이 최근에 알고 있는, 그 강유석이 아니었다.

'폭군…… 강유석의 모습.'

알아차렸다. 지금 저 옥좌에 반쯤 투명한 모습으로 앉아 있는 저 사람은 과거의 강유석이었다.

"오랜만…… 이다."

과거에는 존댓말을 썼었다. 지위고하를 막론하고 모든 사람이 강유석에게 극존칭을 썼으니까. 옥좌에 앉은 강유석이 어깨를 으쓱했다.

"지금 시대의 강유석은 형하고 친하게 지내고 있어?"

"……."

아무래도 이곳의 강유석은 바깥 상황, 그러니까 신희현이 경험한 세상을 전혀 모르고 있는 눈치였다.

'나는…… 유석이랑…….'

친하게 지냈다. 그건 확실하게 말할 수 있다.

'미안한 일을 하기는 했지만.'

파빌러스를 소환시켰고 덕분에 강유석의 몸이 망가졌었다. 신강철이 치료하고 퓨리어스를 먹이기는 했지만 아직까지 정상 상태라고 보기에는 어려웠다.

'지금 저 강유석이 원하는 말이 무엇일까.'

그건 그리 어렵지 않았다.

"강유석은 누구보다도 팀원을 위해 헌신적인 훌륭한 플레이어였어."

그 말을 듣고 싶었을 거다. 과거의 폭군 강유석의 모습에 가려져 있던 진짜 그 마음 말이다.

강유석이 희미하게 웃었다. 신희현의 대답이 무척 마음에 든 모양이었다.

"어떻게 된 일인지. 내가 설명해 줄게. 별들의 옥좌에 왔으니까. 반만 몸을 걸친 나랑은 다르게 완벽하게 이곳에 들어왔으니까 말이야."

신희현이 말을 끊었다.

"놈에게 조종당했던 것 아냐?"

"……알고 있었어?"

아무도 눈치채지 못했지만 꼬마 모습의 라이나가 씨익 웃었다. 마치 '그래, 쟤가 내 계약자라니까?'라고 우쭐대는 것 같은 모양새였다. 신희현의 귀에는 저들의 대화가 전혀 들리지 않았지만 어쨌든 그녀의 표정은 그렇게 주장하고 있었다.

신희현이 말을 이었다.

"그리고 너는 앱솔루트 포션을 가지고 있었겠지."

"……."

이쯤 되니 오히려 강유석이 놀란 것 같았다.

엘렌의 날개가 활짝 펴졌다. 8장의 날개가 빛을 발했다.

"물론 너도 앱솔루트 포션의 효과는 몰랐을 거야. 하지만 마지막 순간에 그걸로 도박을 하기로 했겠지."

신희현 자신이 그랬던 것처럼 말이다.

"……."

"앱솔루트 포션을 사용하여 관리자의 능력을 얻은 뒤, 놈의 제약에서 풀려났을 거야. 아주 잠깐이 됐든 어쨌든."

"임시 포인트를 제왕의 의지에 투자해서 저항을 도왔어. 아주 잠깐 저항하는 게 고작이었거든."

신희현은 고개를 끄덕였다. 방법은 비록 달랐지만 강유석과 자신은 거의 같은 길을 걸어왔던 거다.

단적인 예로는 룰 브레이커가 있겠다.

'리미트 브레이커를 얻기 위해서는 룰 브레이커가 필요했어.'

신희현은 그것을 선점하는 식으로 가져왔지만 강유석은 다른 플레이어를 그걸 죽여서 빼앗았었다. 어쨌거나 결과는 비슷했다.

신희현이 말을 이었다.

"그렇게 저항에 성공한 너는…… 최후의 보상을 넘겨야겠다 생각했을 거야. 네 스스로 그걸 사용할 수 없었겠지. 네손에 죽은 수많은 플레이어에게 미안해서라도."

"……."

강유석은 순간 고개를 숙였다. 신희현의 생각이 맞았다. 신희현이 아는 강유석은 그렇게 이기적일 수 없었다.

"그런데 문제가 조금 있었을 거야. 누가 놈의 끄나풀인지 알 수 없었을 테니까."

"맞아."

아마도 놈은 모든 플레이어를 완벽하게 조종할 수는 없었을 거다. 그래서 강유석에게 힘을 집중했을 거다.

"내 생각에…… 놈은 어떤 방식으로든 남의 몸에 기생할 수 있을 것 같거든."

기생해서 숙주를 조종하거나, 숙주의 눈을 통해 세상을 보거나.

"그런데 그 어떤 플레이어에게 놈이 기생하고 있는지 모르니까. 그래서 결국…… 네가 믿을 만한 사람 중에서 가장 가능성이 낮은 나를 택했겠지."

"……"

강유석의 표정을 본 엘렌의 입가에 미소가 새겨졌다. 그녀의 날개가 파르르 떨렸다.

'빛기꾼이……'

무려 제왕 빛기꾼이 이제는 진실을 말하고 있는 것 같았다. 사기꾼이 진실을 말하자 그 진실이 더욱 진실처럼 느껴졌다. 논리적인 이유가 있는 건 아니었다. 빛기꾼의 매력에 흠뻑 빠진 대천사만 그렇게 느꼈다.

"그리고 결국 나는 여기까지 오게 된 거야."

강유석이 고개를 끄덕였다.

"그사이에 도대체 무슨 일이 있었던 거야?"

"그냥 뭐, 이런저런."

엘렌은 대답하고 싶었다.

'빛의 사기를 치셨습니다!'

하지만 대답하지는 않았다.

라이나가 두어 번 손뼉을 짝! 짝! 쳤다. 그녀의 얼굴에는 엘렌과 비슷한 형태의 미소가 새겨져 있었다. 뭔가 조금 자랑스러운 것 같은 표정이었다. 그 표정을 억지로 꾹꾹 눌러 참고 있는 모양새랄까.

라이나가 말했다.

"내 계약자가 비록 엄청 허접하고 부족하지만 눈치 하나는 기똥차게 빠른 거 같네. 하나도 안 대단해."

겉으로는 그렇게 말했는데 교감을 통해 느껴졌다.

'잘했어.'

알림이 이어졌다.

[별들의 옥좌가 플레이어의 자질을 인정합니다.]
[6개의 별이 신희현 플레이어를 인정합니다.]

몰랐는데.

'이것도 일종의 시험이었어?'

전혀 몰랐는데 어쨌든 결과가 좋게 됐다. 앞장서서 사기를 치던 것이 습관이 되어 그랬던 것뿐인데.

'어쨌든 잘된 거네.'

라이나가 말을 이었다.

"그럼 이제 최후의 보상 HAN이 남았네."

이게 제일 중요한 거다. 과거의 일이 어찌 됐든 이제 남은 건 미래의 일이니까. 과거의 수수께끼들은 얼추 풀렸지만 HAN이 정확하게 무엇인지 신희현은 아직 모르고 있으니까.

라이나가 우쭐대며 말했다.

"HAN에 대해 설명해 줄게."

뭐랄까, 그녀의 기분이 정말 좋아 보였다.

"특별히 내가 직접. 엄청 영광이지? 그렇지?"

'어서 그렇다고 말해!'라고 주장하는 것 같았다.

그녀가 말을 이었다.

10장
최후의 보상, HAN

신희현은 고개를 끄덕였다. 뭔가, 라이나가 굉장히 우쭐대고 있는 것처럼 느껴지긴 했지만 그거야 하루 이틀이 아니니 넘어가기로 했다. 겉모습이 꼬마 아이 같아서 나름 귀여운 면도 있었고.

교감을 통해 느껴졌다.

'죽을래?'

'……응?'

아니, 이럴 거면 애초에 교감을 통해 전해주든가. 그게 육성으로 전하는 것보다 훨씬 정확하고 빠르지 않은가.

'너 지금 감히 나를 귀엽다고 생각했어?'

'……아닙니다.'

신희현은 교감을 끊어버리고 싶었으나 저 대단하다는 밝은 빛의 여신은 그마저도 불가능하게 만들었다.

'다시 한번 더 그런 불경한 생각을 했다가는 아주 죽을 줄 알아.'

'……그래.'

그런데 또 묘하게 라이나의 기분이 좋아 보이는 건 착각일까. 귀엽다는 생각을 함과 동시에 라이나가 앉은 최상층 옥좌에서 빛이 더 반짝반짝 빛난 것 같았는데.

하지만 쓸데없는 생각은 하지 않기로 했다. 괜히 불똥 튀면 피곤해질 테니까.

이제 그만 넘어가고 싶었는데 라이나는 군이 한 번 더 그 표현을 꺼냈다.

'흥, 누가 그딴 칭찬을 좋아할 줄 알고.'

이상했다. 좋아하는 것 같은데.

신희현은 극도의 집중력을 발휘해 라이나가 귀엽다고 생각하는 것을 멈췄다.

라이나가 또 군이 육성으로 입을 열었다. 그 모양새는 마치 그 옆, 그러니까 최상층에 위치하고 있는 나머지 옥좌에 있는 자들에게 자랑을 하는 것처럼 보였다.

"HAN은 말이야. 너에게 세 가지 선택권을 주는 가장 큰 보상이야."

"세 가지 선택권?"

"첫째, 완벽한 관리자의 권한을 얻어 네가 속한 세계를 다스릴 수 있는 권한. 너희들의 표현을 빌리자면 일종의 신이 되는 거지. 그걸 얻으면 저기 맨 아래의 별들의 옥좌에 네가 올라갈 거야."

이해할 수 없었다. 그렇다면 HAN은 이 세계의 신을 뽑는 그런 거란 말인가?

"아 참, 네가 겪은 일들은…… 네 세계 나름의 질서를 유지하기 위한 룰이었어."

아무래도 저 '네가 겪은 일들'이라 함은 이 시스템을 뜻하는 것 같았다.

"각 세계에는 각 시대에 맞는 균형 조절 시스템이라는 게 있는 거거든. 그 균형 조절에 실패하면 그 시대는 끝이 나는 거지. 너는 이미 알고 있을 텐데."

"……"

지금 돌이켜 보면 그랬다.

'고대 던전들?'

키워드가 '고대'였다. 고대가 무슨 뜻인가. 아주 오래전이라는 뜻 아닌가.

"맞아, 네가 경험했던 히든 던전들은 예전에 이미 멸망했던 곳을 구현한 거야. 네가 불씨로 살리기도 했고."

고대 도시 아틀렌토와 아틀렌티, 신희현은 그곳을 되살려 낸 적이 있었다.

"아, 물론 이미 멸망한 곳이 가상으로 구현되었을 뿐이야. 실제로 그 종족이 되살아나는 건 어렵지. 거기에는 관리자가 없거든."

그렇다면 '마지막 불의 제단'에서 봤던 그 맘모스 헌터들 역시 멸망한 종족 중 하나였던가.

'그러면 얘기가 된다.'

몬스터도 아니고 NPC도 아닌 존재. 그런데 몬스터보다 훨씬 강력했으며 사냥할 수 없었던 불가침의 존재였다.

'그 당시 내 레벨이 400대였고.'

맘모스 헌터들의 레벨은 500~700 사이. 그러니까 초월자와 관리자 중간의 그쯤이었을 확률이 매우 높다.

'진정한 관리자의 권한을 얻지 못해서……'

그래서 결국은 멸망했던 건가.

'그들 역시 HAN을 얻으려다 실패했던 거다.'

그들뿐만 아니라 수중 도시의 물고기형 인간들도 요정 도시의 요정들도.

'사제 아발론도.'

플래티넘 골렘을 만들었다 전해지는 리치들이다. 그 리치들이 플래티넘 골렘을 만들면서 오히려 그들의 세계가 멸망했다 전해진다. 플래티넘 골렘은 밸런스를 파괴하는 무기였으니까.

'아발론 역시…… HAN을 얻지 못했던 거야.'

게임과 비슷한 이 시스템과 똑같은 시스템이라 단정 지을 수는 없다. 아무래도 그 시대에는 그 시대에 맞는 시스템 비슷한 것이 있는 모양이니까.

신희현이 생각을 정리할 때까지 기다려 준 라이나가 고개를 끄덕였다.

"이제 좀 알겠지?"

"……."

"어쨌든 네가 적절한 길을 거쳐서 모든 시험을 제대로 통과했고 덕분에 HAN을 얻을 수 있는 자격이 생겼어. 너는 HAN의 세 가지 기능 중 한 가지를 활성화시켜야겠지."

HAN의 첫 번째 기능은 '완전한 관리자의 능력'을 각성하는 것이라 했다. 그런데 여기에 문제가 조금 있었다.

"관리자로 완전히 각성하면……. 별들의 옥좌에 네 이름이 올라가겠지. 하지만 네 세계에서 네 이름은 완전히 지워질 거야. 존재가 사라지게 되겠지."

적어도 이 세계에서만큼은 무소불위의 권능을 휘두를 수 있는 신이 될 수 있단다.

하지만 한 가지를 잃는다. 기존에 가지고 있던 모든 관계를 끊어내게 되는 거다.

'민영이도…….'

민영이도 볼 수 없고 가족들도 볼 수 없다. 그들은 자신을 잊게 될 거다.

사랑하는 사람의 기억 속에서 잊혀진다? 없는 사람이 되어버린다?

이미 한 번 사랑하는 사람을 잃은 적이 있었던 그에게는 이것이 죽음보다 끔찍한 형벌이었다.

"두 번째는 그냥 깔끔하게 HAN을 포기하는 방법이 있어. HAN은 자체적으로 너희 세계를 정화할 거야. 그 세계가 멸망하지 않도록. 자동으로 균형을 유지시켜 주겠지. HAN은 그런 거야. 네 세계의 어떠한 균형이 무너졌을 때 한 종이 지나치게 독주할 때 그걸 막아주는, 그 세계의 자정 작용을 강제적으로 일으켜 주는 기폭 장치."

"……."

"대신, HAN을 포기하면 너는 관리자를 포기했다는 오명을 뒤집어쓰고 네 세계로부터 배척당할 거야."

"그러면 어떻게 되지?"

"플레이어로서의 모든 힘을 전부 잃어버리게 될 거야."

"……."

최후의 보상 HAN이라는 거, 뭐가 이렇게 복잡하단 말인가. 힘을 줄 거면 그냥 주고 안 줄 거면 깔끔하게 주지 말지. 있던 힘조차도 빼앗아버린단다.

'내가 힘을 잃어버린다면……?'

정말 고생해서 여기까지 왔다. 이 세계의 절대자로 군림할 수 있는 레벨 700대의 힘. 이걸 한순간에 잃는다?

"바로 잃는 건 아냐. 내가 두 번째 선택을 하면 그 힘이 천천히 소멸되다가 3일 후에는 완전히 사라지게 될 거야. 플레이어로 각성하지 못한 일반 사람들과 똑같아지겠지."

"……."

선택할 수 없었다. 신희현이 말을 이었다.

"마지막 선택지는……."

그건 알 것 같았다.

과거와 똑같다면.

"다른 사람에게 HAN을 양도하는 거겠지?"

"맞아."

라이나는 그러고선 주위를 한 번 둘러봤다. 다시 한번 '그래, 얘가 내 계약자야. 다들 봤지?'라고 주장하는 것처럼 우쭐거렸다. 물론 표정이 그랬다는 거지 실제로 말을 그렇게 했다는 건 아니었다.

라이나가 문득 생각났다는 듯 말했다.

"아 참, 나는 첫 번째를 강력하게 추천해. 세 번째는 뭐, 염두에 둘 것도 없고."

교감을 통해 느껴졌다.

'네가 두 번째를 선택하면 플레이어로서의 힘을 잃는 거야. 그럼 엄청 허접이 되겠지.'

……라고 들리기는 했는데 라이나의 마음이 조금은 느껴졌다.

뭐랄까, 플레이어의 힘을 잃으면 수호신과의 계약도 무효가 되는 것 같다. 그래서 둘 사이의 관계가 완전히 끊어져 버리게 되는 것 같았다. 라이나는 아무래도 그게 좀 싫은 모양이었다.

'에이, 설마.'

그럴 리 없겠지. 그 대단하다는 여신인데.

라이나는 그 나름대로 달콤한 제안을 해왔다.

"관리자가 되면 너는 저 맨 아래, 저기서부터 시작하게 될 거야. 언젠가 위대한 업적을 세우게 된다면 우리가 있는 7개의 옥좌가 8개의 옥좌로 늘어날 수도 있어. 대옥좌의 한 명이 되는 거야."

다만 신희현은 그 대옥좌라는 것이 얼마나 대단한 메리트를 가진 것인지 알 수 없었다. 그러니까 소고기가 맛있는지 모르는 초식동물한테 '이봐! 소고기는 엄청나게 맛있어!'라고 유혹하고 있는 꼴이었다.

'나는…….'

무엇을 선택해야 할지 감이 잡히지 않았다. 한 가지만 물어보기로 했다.

"그렇다면 파트너들은 어째서 HAN을 얻고 싶어 하는 거야? 저번에 물어보니 엘렌도 얻고 싶다는 건 아는데 왜 얻어야 하는지는 모르고 있던데."

"파트너들의 세계에도 어떠한 문제가 있는 거지. 그런데 그 세계에는 HAN을 얻을 수 있는 방법이 막혀 있거나, 어렵거나, 아니면 별들의 제약으로 인해 아예 불가능하거나 한 경우에 파트너의 형식을 통해 HAN의 힘을 빌 수 있는 거야. 아마 네 파트너의 경우는……."

라이는 고개를 갸웃했다. 대옥좌에 앉아 있는 다른 신들(?)과 얘기를 나누는 것처럼 보였다. 말해줘도 되겠지? 이런 내용인 것 같았다.

"엘렌에게는 성역 강화의 권능이 필요해. HAN은 그걸 이뤄줄 힘을 가지고 있고. 엘렌의 세계에는 균형 조절을 위해 그 힘이 필요하거든."

"……."

HAN에 대한 의문은 거의 풀렸다.

이제는 선택의 기로에 섰다.

첫 번째 선택.

'나를 얻고…… 내 사람들을 잃는다.'

두 번째 선택.

'나를 잃고…… 내 사람들을 얻는다.'

세 번째 선택.

'타인에게 이 권한을 넘겨 버린다.'

어쩌면 이 세 번째 선택이 합리적일 수도 있다.

누군가…… 그래, 이를테면 강유석이나 탁민호 같은 누군가에게 이 HAN을 넘겨 버린다면? 그리고 자신은 관리자 따위가 되지 않고 플레이어의 힘을 유지하면서 내 사람들을 잃지 않아도 될 수 있다.

'하지만……'

그것마저도 그렇게 좋은 선택은 아닐 수 있었다.

'유석이도…… 민호 형도…… 찬영이 형도……'

그놈의 영향권 내에 있을 거다. 특히나 강유석의 경우는 놈이 완벽하게 컨트롤하고 있을 텐데.

'모두 안 돼.'

이걸 넘길 만한 플레이어는 이미 놈에게 감시당하고 있거나 어떤 통제를 받고 있을 확률이 높다.

'그 당시 강유석에게 있어서 나 같은 존재가……'

불행하게도 신희현에게는 없었다. 이 막강한 권한을 가진 HAN을 넘길 수 있는 믿을 만한 사람이 없는 거다.

'어떻게…… 해야 하는 거지?'

라이나가 결국 말했다.

"야, 너 뭘 그렇게 고민해? 첫 번째 선택해야지."

"……시간이 조금 필요해."

결국 속내를 드러냈다.

'야, 너 관리자 안 되면 나랑 못 만나. 이런 엄청난 영광을 포기하는 세상에서 제일가는 멍청이가 되고 싶은 건 아니겠지? 너는 똑똑하잖아. HAN을 얻을 만큼.'

뭔가 약간 다급해졌다.

'네 파트너 엘렌, 엘렌도 잃는다니까? 엘렌이 얼마나 예쁘고 착한데? 잘 생각해 봐. 엘렌이 얼마만큼 사기를 잘 치는지 너도 알지?'

신희현은 한참을 고민했다. 그리고 선택했다.

강풍이 휘몰아쳤다.

바람의 정령왕, 능력치가 대폭 향상된 칸드가 남자를 붙잡고 있었다.

'돌아왔다.'

별들의 옥좌. 그곳이 끝났다. 그곳이 진정한 의미의 '보상의 방'이었던 셈이다.

반쯤 투명했던 강유석은 홀가분한 듯 웃으면서 사라져 버렸다. 홀로그램처럼 느껴지던 강유석이 이렇게 말했다.

"HAN의 흔적이…… 이제는 사라졌어. 형한테 완전히 넘어갔거든. 부디 형의 선택에 후회 없길 바라. 고마워. 내가 저질렀던 일들을 이렇게 잘 수습해 줘서. 한 번의 기회를 훌륭하게 잘 살려줘서."

어쨌든 과거의 강유석은 이제 사라졌고 신희현은 다시 이곳으로 돌아왔다. 별들의 옥좌는 시공간이 분리되어 있는 공간이라 했다.

신희현은 놈의 얼굴을 확인했다. 여태까지 그렇게 교묘하게 숨어 있었다. 강유석과 직접적으로 부딪치지 않았다면 아마 끝까지 모를 수도 있었다. 놈은 그만큼 철두철미했다.

'일부러 내 눈앞에 나타나서 죽었을 만큼.'

분명히 그랬다. 신희현은 저놈, 그러니까 과거 강민영을 죽음에 몰아넣었던 당대 최고의 길잡이 '홍경식'이 죽는 것을 제 눈으로 확인했었다. 그런데 어떤 방법을 쓴 건지 홍경식은 죽지 않고 여태까지 뒤에 숨어 있다가 결정적인 순간에 어떤 방식으로든 뒤통수를 치려고 했던 거다.

신희현이 걸음을 옮겼다. 놈에게 가까이 걸어갔다.

"홍경식, 살아 있었나……?"

과거의 악연을 이제는 끝낼 때가 왔다. 홍경식은 눈을 들어 앞쪽을 쳐다봤다.

'제기랄.'

그는 억울했다. 억울해도 이렇게 억울할 수가 없었다.

'어떻게 알아차린 거냐.'

그의 입장에서 그의 작전은 완벽했다. 마지막의 마지막 순간까지.

홍경식은 신희현에게 자신이 죽는 것을 보여준 그 이후로 모습을 드러낸 적이 단 한 번도 없었다.

홍경식이 입술을 잘근 깨물었다.

"어떻게……!"

"이상한 게 한둘이 아니었거든."

물론 그 이상하다는 건 과거의 경험을 비추어 보았을 때, 그때에서야 비로소 알 수 있는 것들이지만 홍경식 입장에서는 억울할 법도 했다.

'……내 계획은 완벽했다.'

이상하게도 빛의 성웅은 자신을 처음부터 경계했다.

그는 완벽한 것을 좋아했다. 그래서 일부러 빛의 성웅 앞에서 죽음을 택했다. 꼭두각시를 사용해서 말이다.

'저 빌어먹을 빛의 성웅이…….'

저놈이 자신의 계획을 전부 망쳐 버렸다. 최후의 보상 HAN을 얻으려고 했는데, HAN만 얻고 나면 더 이상 숨어 지내지 않아도 된다고 생각했는데 마지막 순간에 이게 도대체 무슨 일이란 말인가.

신희현은 홍경식을 쳐다봤다.

'굉장히 억울해하고 있다.'

마지막 순간에 뒤통수를 맞았으니 억울할 수도 있겠다.

'하지만 억울해하고 있는 것조차 연기일 가능성이 있어.'

신희현은 똑똑히 봤다. 홍경식은 분명 죽었다. 그런데 갑자기 다시 살아났다? 그건 말도 안 된다. 갑자기 살아난 게 아니라 계속해서 생존해 있었다는 거다.

어떻게?

'그때 죽었던 것이 꼭두각시라면 설명이 가능해지지.'

신희현은 그렇게 결론을 내렸다.

'놈은…… 인형술사 같은 거다.'

대외적으로는 길잡이라 알려져 있었지만 실상은 아니었던 모양이다. 어쩌면 듀얼 클래스일지도 모르겠다.

신희현은 홍경식이 어떠한 칩이 됐든 스킬이 됐든 뭔가를 타 플레이어에게 이식시킨 뒤, 그걸 토대로 하여 플레이어를 조종할 거라 예상했다.

'타 플레이어를 인형처럼 조종하고…….'

또 필요한 경우에는 무언가를 인형으로 만들어 움직이게 할 수 있는 그런 비슷한 능력을 갖고 있을 거라 추측했다.

'그렇다면 지금의 저놈이 본체인지 아닌지 확인할 수 있어야 한다.'

그게 아니라면 여기서 죽여봐야 언젠가 또 나타나게 될 테니까. 그때가 되면 더 손쓸 수 없어질지도 모른다. 홍경식과의 악연은 여기서 완전히 끝내 버려야 했다.

신희현은 슬쩍 떠봤다.

"억울할 수밖에."

"……."

홍경식은 여전히 움직이지 못하고 있는 상태. 그가 아무리 잘난 플레이어라 할지라도 바람의 정령왕이 구속하고 있는데 움직일 수는 없는 법이었다.

'게다가 다른 플레이어들도 가만히 있고.'

놈에게 여력이 있었다면? 여태까지 조종해 왔던 플레이어들을 컨트롤해서 자신을 공격하지 않았겠는가.

'여력이 없다는 거야.'

칸드의 힘이 너무 강해서?

'그도 아니면.'

실제 본체가 제압당하면 아무것도 할 수 없는 약골이어서?

'후자일 가능성이 매우 높아.'

홍경식의 능력은 가히 사기급이라 할 수 있었다. 이렇게 걸리지만 않으면 뒤에서 세상을 쥐락펴락할 수 있는 능력인 거다. 플레이어 자신이 인지하지 못하는 상태로 조종당하기도 하고, 또 정보를 캐다 주기도 하니까.

'그 정도쯤 되면 당연히 본체는 약하겠지.'

그게 당연한 거다. 물론, 비전투 클래스인 길잡이인 자신이 1인 군단이라는 그 사실은 애써 잊었다.

"이제야 본체가 잡혔으니까."

"……."

아주 찰나지만, 신희현은 홍경식의 눈빛을 읽어냈다. 아주 잠깐이지만, 그의 눈에 당혹감이 서린 걸 봤다. 그 아주 잠깐의 당혹감이 신희현에게는 확신으로 다가왔다. 언제나 그렇듯, 능숙하게 사기를 쳤다.

"너는 조종할 메인 목표로 유석이와 민영이를 골랐어."

'골랐을 거야'라고 말하려다가 아예 그냥 확실하게 말하기로 했다. 마치 '너 따위는 내 손바닥 위에 있다' 이렇게 말하는 것처럼 말이다.

물론, 신희현도 이렇게 생각한 지 얼마 안 됐다. 하지만 아예 처음부터 알고 있는 척했다. 놈의 심리를 어지럽히기 위해서 말이다.

"유석이를 메인 중에서도 메인으로 보고 능력을 쏟아부을 준비를 하고 있었겠지. 거기에 민영이로 뒤통수를 치려고 했어."

"……."

"그런데 약간 문제가 생겼어."

"……."

플레이어들은 침묵했다. 그들은 지금의 상황이 뭐가 어떻게 돌아가는지 전혀 이해할 수 없었다. 클리어가 되었다는 알림이 있었고 보상의 방으로 이동한다는 알림이 있었는데, 그 알림이 마치 거짓말이었다는 듯 아무런 일도 벌어지지 않고 있었다. 거기에 죽은 걸로 알려진 길잡이 홍경식이 갑자기 나타났고 빛의 성웅과 대치하고 있는 상황.

김상목은 쌍검을 든 채 상황을 주시했다.

'뭐가…… 어떻게 돌아가는 거야?'

신희현이 말을 이었다.

"최후의 던전 특성상 레벨과 능력이 제한되거든. 근데 민영이랑 유석이는 제한된 레벨과 능력으로 원격 컨트롤하기에는 좀 힘에 부쳤어."

신희현은 계속해서 눈치를 살폈다. 티 나지 않게 말이다. 사기를 하도 많이 치다 보니까 이제 눈치로 상대의 심리도 읽는 수준에 이르렀다. 거기에 초감각과 연계한 레벨 디텍팅을 통해 구체적으로 상대의 심리를 파악하기까지 하니, 사기에는 더없이 최적화된 신체(?)와 능력이라 할 수 있었다.

"그래서 위험부담을 감수하고 일부러 여기에 숨어든 거야."

"……개소리하지 마라."

홍경식이 말했다.

"네가 여기서 날 죽여봤자 나는 아무런 피해가 없다. 저번에 분명 봤겠지."

"그랬지. 황금 골렘에게 죽었었지."

분명히 그랬었다. 신희현도 홍경식이 죽은 것을 확인했었다. 그게 꼭두각시 혹은 인형 같은 것이라고는 생각하지 못했었지만.

신희현이 말을 이었다.

"그때는 본체가 아니었어. 그때, 네가 우리에게 접촉했던 이유는…… 민영이와 유석에게 무언가를 심기 위해서였겠지."

그림이 전부 그려졌다. 그때 강유석과 강민영에게 뭔가를 심었던 거다. 스킬이 됐든 조종할 수 있는 아이템이 됐든 그 무언가를 말이다.

'어쩌면 놈은 일부러 내 앞에서 죽는 모습을 보여줬을 확

률도 높다.'

그만큼 용의주도한 놈이니까.

"여기서…… 악연을 끝내자."

신희현이 힘을 끌어올리는 시늉을 했다. 그는 현재 초감각을 통해 놈의 심리를 완전히 읽어내고 있는 중이다. 겉으로는 아무렇지도 않은 척하고 있지만.

'놈은 진짜다.'

신희현이 느끼는 그의 심리는 절박했다. 만에 하나, 놈이 자신의 심리까지도 속이는 능력이 있다면 얘기는 다르겠지만 현재 신희현의 레벨은 700이 넘는다. 관리자의 힘을 얻어 모든 권능과 스킬의 능력이 대폭 강화된 상태. 놈이 레벨 700의 능력을 뛰어넘는 경이로운 능력을 갖고 있지 않다면 신희현을 속일 수는 없을 터.

'만약…… 지금의 내 능력을 뛰어넘는 어떤 능력을 가지고 있다면.'

그러면 어차피 손을 쓸 수 없다.

'그럴 가능성은 1프로가 채 되지 않겠지만.'

1프로도 되지 않는 그 가능성 때문에 시간을 더 끌 수는 없었다. 마지막 시험을 해보면 티가 날 터.

"이제 그만…… 죽어라."

깔끔하게 끝내기로 했다. 관리자의 권한으로 모든 능력이 대폭 강화된 상태. 라이나의 본체를 소환했다.

"라이나."

라이나는 인상을 찡그렸다.

"저따위 놈을 처리하는 데 이 나를 불러? 신격모독이야."

라이나는 어딘가 기분이 나빠 보였다. 신희현이 말했다.

"어쩌면 마지막 부탁일지도 몰라."

"흥!"

라이나는 몸을 휙! 돌렸다.

"너 따위의 마지막 부탁. 그냥 무시해 버리고 싶지만 불쌍해서 들어주는 거야."

알림이 들려왔다.

[스킬, 소멸을 사용합니다.]

라이나의 입에서 이상한 언어가 흘러나왔다. 무슨 뜻인지는 알 수 없었다. 정확하게는 알 수 없으나 어떤 신의 권능 같은 것이 담긴 목소리처럼 들렸다.

그와 동시에 홍경식이 비명을 질렀다.

"이 개 같은 새끼야!!!"

신희현은 홍경식에게서 눈을 떼지 않았다. 라이나라면 놈을 확실하게 없애줄 수 있을 터. 홍경식의 모습이 빛무리가 가려져 보이지 않았다. 목소리만 들려왔다.

"내게 도대체 무슨 원한이 있다고 이 지랄을 하는 거냐!!!"

홍경식은 굉장히 억울한 것 같았다. 그가 외쳤다.

"이 세상은 힘 있는 자가 지배한다. 그게 바로 나다!"

"……."

저 말, 어디선가 많이 들었다.

"너희 버러지 같은 벌레 새끼들은 위대한 내 명령을 받아 내 뜻대로 살아가는 것이 순리란 말이다!!!"

분명 어디서 들었던 말이다.

저 다음은.

'그러니까 착하게 말만 잘 들으면 살려는 줄게. 알겠니?'

원래 이 말이 왔어야 했다.

'강유석의 입을 통해 나왔던 말이…….'

한 치의 오차도 없이 똑같이 흘러나오고 있었다. 길잡이 홍경식에게서 말이다.

"내 지배를 받는 것을 영광으로 생각해도 모자랄 판에 이 따위 짓을 벌이다니!"

"……."

신희현은 대답하지 않았다. 라이나를 통해 느껴졌다. 홍경식의 육신은 이미 사라진 지 오래다. 정신만이 남아 고래고래 소리를 지르고 있을 뿐. 라이나가 손을 쓴 듯했다. 놈이 할 말을 끝까지 들어보겠다는 듯 말이다.

신희현은 홍경식이 사라진 곳, 황금빛이 일렁이는 저 공간을 계속해서 쳐다봤다.

'저 다음은……'

과거, 폭군이었던 강유석이 미친 듯이 낄낄대며 말했었다.

'나를 경배해라. 내가 곧 너희들의 신이다.'

그 말이 홍경식의 목소리로 똑같이 전해지고 있었다. 그때와는 달랐다. 그때 강유석은 여유를 가지고서 모든 플레이어 위에 군림하면서 그렇게 말했었다. 하지만 지금의 홍경식은 악에 받쳐 소리를 지르고 있을 뿐이었다.

라이나가 투덜거렸다.

"까고 있네. 신은 개뿔. 자격도 없는 놈이."

신희현이 교감을 통해 물었다.

'자격이 없는 놈이 HAN을 얻으면 어떻게 돼?'

'HAN의 자율적 판단하에 강제 자정 기능이 작용하는 거지.'

'그러면?'

'그 세상이 멸망하든지.'

그도 아니면.

'시간을 되돌려 버려.'

신희현은 고개를 끄덕였다. 그러면 자신은 운 좋게도 HAN의 판단에 따라 과거로 되돌아가 새로운 길을 개척해 왔던 거다.

라이나에게 물었다.

'놈은 확실히 사라진 거지?'

라이나의 얼굴이 아주아주 조금 붉어졌다.

'흥, 난들 알게 뭐냐?'

엘렌만이 그걸 발견했다. 엘렌은 조금 이상하다고 생각했다. 그녀가 알기로 방금 라이나가 사용한 권능은 권능 중에서도 최상위급에 속하는 권능이었다.

그녀 역시 자세히 아는 것은 아니었지만 어쨌거나 라이나가 사용한 스킬은 원래 신희현은 절대로 사용할 수 없는 절대적인 힘을 가진 어떤 것이었다.

라이나가 퉁명스레 말했다.

'어쨌든 저놈이 이 세상에 모습을 드러내는 일은 없을 거다, 멍충아. 절대 너를 위해서 내 힘을 사용해 준 것이 아냐. 겨우 너 따위에 내가 그런 엄청난 힘을 써줄 리 없잖아?'

신희현은 깨달았다. 라이나가 분명 어떤 큰 힘을 써준 것이 틀림없었다. 이를테면 절대 소멸 같은 거 말이다. 만약 아까의 홍경식이 가짜라 할지라도 본체까지도 깡그리 소멸시켜 버릴 수 있는, 그런 거.

그때 알림이 들려왔다.

[축하합니다!]
[최후의 던전이 최종 클리어되었습니다.]
[최후의 보상 'HAN'은 신희현 플레이어에게 귀속되었습니다.]

알림이 계속해서 이어졌다.

[신희현 플레이어는 '자격을 갖춘 자'로 인정되었습니다.]

신희현은 눈을 감았다. 어떤 알림이 들려올지 이미 알고 있었으니까.

[신희현 플레이어의 의지에 따라 HAN의 자정 기능이 작동하며 HAN은 소멸합니다.]
[HAN이 강력한 권능을 발현시킵니다.]

플레이어들이 던전 밖으로 강제 이동됐다.

[축하합니다!]
[시스템: 멸망의 늪을 클리어하였습니다.]

김상목이 주위를 둘러봤다.
"여긴……?"
던전 클리어도 아니고 '시스템'을 클리어했다는 알림과 동시에 세상이 달라져 있었다.

11장
신세계

강민영은 주위를 둘러봤다. 저도 모르게 크게 심호흡을 했다. 숨을 들이마셨는데 청량한 기분이 들었다. 단순히 그런 것이 아니라 실제로 M/P가 차오르는 기분이 들었다.

 뭐랄까, 어떤 버퍼가 그려놓은 마법진 안에 들어와 있는 기분이었다.

 "오빠."

 신희현과 팔짱을 꼈다. 신희현은 기분 좋은 듯 피식 웃었다.

 "응?"

 "하늘이 엄청 맑아."

 단순히 맑은 정도가 아니었다. 거의 투명할 정도였다. 대기오염이라곤 전혀 찾아볼 수 없었다.

강민영뿐만 아니라 다른 플레이어들 역시 변화를 눈치 챘다.

김상목도 숨을 들이마셨다.

'엄청나게 깨끗해졌다.'

마치 엄청나게 거대한 공기청정기를 틀어놓은 것 같은 기분이랄까.

'몸에서도 활력이 돌아.'

이 정도면.

'소고기를 왕창 먹을 수 있겠어!'

그것도 아주 맛있는 소고기가 만들어지지 않겠는가.

그 와중에 또 수많은 플레이어가 생각했다.

'최후의 보상은 어떻게 된 거지?'

뭔가 조금 이상하긴 했다.

'클리어했으면…… 분명 뭔가 있어야 하는데.'

그 이름도 거창한 최후의 던전 아니었던가. 그런 곳을 클리어했는데 레벨 업을 제외하고는 딱히 큰 보상이 없었다. 이건 있을 수 없는 일이다. 그렇다는 말은 곧 누군가가 보상을 독식했다는 의미로 해석할 수 있었다. 보상이 없는 던전은 없으니까.

'혹시…… 빛의 성웅이 날름 먹은 건 아닐까?'

아무것도 모르는 그들에게 있어서는 지극히 당연한 의심이었다. 목숨을 걸고 최후의 던전을 클리어했는데 떨어지는 것이 아무도 없다면 누구라도 마음이 편할 수 없을 거다.

'근데 빛의 성웅이잖아.'

빛의 성웅이 그럴 리 없어.

그렇게 생각은 하면서도.

'왜 보상이 없는 거냐고?'

보상이 없는 것을 점점 더 의아해하기 시작했다.

'최후의 던전인데!'

신희현의 말을 기다렸다. 이 상황에 대해서 설명해 줄 수 있는 사람은 신희현이 유일한 것 같았으니까.

마지막에 땅 밑에서 튀어나온 사람은 누구이며 신희현은 어째서 그 플레이어를 죽였던 건지, 플레이어들로서는 의문투성이였다.

알림음이 이어졌다.

[최후의 보상 HAN의 자정작용이 시작되었습니다.]

[최후의 보상을 획득한 신희현 플레이어의 선택에 따라 HAN은 모든 플레이어에게 영향을 끼칩니다.]

[신희현 플레이어는 HAN을 독식하지 않았습니다.]

알림음 굉장히 친절했다. 적어도 신희현에게 있어서는 말이다.

'관리자의 권한을 포기한 것에 대한 배려인가.'

신희현은 그때, 별들의 옥좌에서 아주 많은 고민을 했다.

어떤 것을 선택해야 하는가.

많은 고민 끝에 그는 결국 결정을 내렸다. 그는 두 번째 기능을 실행시켰다.

'나를 잃는 대신…….'

그 대신.

'내 사람들을 얻는 거다.'

그렇게 생각하기로 했다.

목숨보다 소중한 가족들이 있고 연인이 있다. 한 번 잃었던 연인을 또 잃을 수는 없었다. 아직 결혼도 못 했는데 너무 억울하지 않은가.

3일이 지나면 모든 힘이 사라지게 된다고 했다. 플레이어로서의 힘이 전부 사라지고 HAN의 흔적만이 남게 된다는 설명이 있었다.

알림이 이어졌다.

[HAN의 자정작용으로 인하여 새로운 시스템이 적용됩니다.]

['신세계'가 '멸망의 늪'을 대체합니다.]

플레이어들은 이해할 수 없었다.

신세계라니?

"우리가 여태까지 플레이해 왔던 게 멸망의 늪이였다

면……."

"그럼 이제 시스템 자체의 이름이 바뀐 거야?"

"아무래도 그런 것 같은데……"

적어도 이름은 좋아 보이지 않는가.

김상목이 신희현에게 가까이 다가갔다.

"신희현 씨."

김상목이 무슨 말을 할지는 이미 알고 있었다.

자세한 설명이 필요하겠지.

안 그래도 이 상황에 대한 설명을 고구려를 통해서 공식적으로 발표할 생각이었다.

거대한 단체의 힘을 뒤에 업고 있으면 이게 좋다. 고구려를 통해 한 번에 알려 버리면 그만이니까.

"물론입니다. 고구려로 가죠."

김상목은 울상을 지었다.

아니, 저 인간은 인간도 아닌가. 무려 시스템을 클리어했다는데 소고기 먹기 전에 무슨 고구려부터 간담 말인가. 밥이나 한 끼 하면서 얘기를 들어볼까 했는데 다짜고짜 고구려 본사로 가게 생겼다.

아니, 그래도 인간적으로. 밥은 먹고 살아야지 사람이.

그래도 별수 없었다. 빛의 성웅이 그러자는데 뭐 어쩌겠는가. 고구려로 향했다.

신희현은 고구려를 통해 최후의 던전에서 있었던 일들을 비교적 상세하게 발표했다.

-HAN은 인류의 존속 여부를 결정하는 최후의 보상.
-빛의 성웅, HAN을 공유하기로.

당연하게도 사람들 사이에서 빛의 성웅의 이름은 더욱 높아졌다.

"음…… 그니까 플레이어들이 실패했으면 우리 전부 죽었어?"

"그렇대. HAN을 얻지 못했으면 인류가 멸망했을 거라는데?"

어딜 가나 빛의 성웅과 HAN의 대한 얘기를 나눴다. 고구려의 공식 발표를 믿지 못하는 사람들도 있기는 했으나 대체적으로는 신희현의 말을 믿는 편이었다.

거기에 더해 새로운 알림과 새로운 세계가 열리기 시작했다.

[HAN의 자정작용으로 인하여 미개척지가 활성화됩니다.]

여태까지는 전혀 없었던 일이었다. 땅이 넓어졌다.

"미개척지라고……?"

"어, 거기는 새로운 몬스터들이 나온대. 엄청 강한 놈들이 나오나 봐."

"그래서?"

"근데 엄청 좋은 템들을 떨구는 거지. 고수존처럼 말이야. 원래 여기가 초보존이었다면 말야."

HAN은 현재 인류가 터전을 가꾸기에는 땅이 좁다고 판단한 것 같았다. 마치 게임처럼 새로운 땅이 생겨났고, 그곳은 '미개척지'라고 불렸다. 미개척지에서는 강력한 몬스터들이 나타났으며 강력한 만큼 매우 좋은 아이템들을 드랍했다.

고구려의 수장, 최용민이 말했다.

"아마…… 시간이 아주 많이 흐르고 나면 미개척지에도 도시를 세우고 인류가 살아갈 터전을 만들 수 있을 겁니다."

소파에 앉은 신희현이 대답했다.

"그렇군요."

"이게 다 빛의 성웅 덕분입니다. HAN을 독식하면…… 엄청난 힘을 얻을 수 있다 들었습니다."

최용민은 절대로 이해할 수 없었다. 신희현의 선택은 미련했다.

"저 혼자 엄청난 힘을 가지고 있으면 뭐하겠습니까?"

물론 모든 것을 얘기해 준 건 아니다. 엄청난 힘을 얻는 대가로 원래의 인간관계가 전부 사라진다는 페널티는 얘기해 주지 않았다. 굳이 나서서 알릴 필요는 없지 않은가.

[성군의 증표에 긍정적인 영향을 끼칩니다.]
[성군의 증표에 긍정적인 영향을 끼칩니다.]

이토록 알림이 끝없이 들려오는 것에는 신희현의 언론플레이(?)가 아주 유효적절하게 먹히고 있다는 뜻이었다.

최용민이 고개를 끄덕였다.

"그러니까 세상에 빛의 성웅, 빛의 성웅 하는 것이겠지요."

"홍경식에 대한 발표는 어떻게 됐습니까?"

"세상을 뒤에서 조종하려 한 희대의 쓰레기로 만들어 놓겠습니다."

최용민은 이를 바드득 갈았다. 자신한테도 손을 쓴 것이 틀림없었다. 돌이켜 보면 이상한 결정을 내렸던 적이 몇 번인가 있었다. 홍경식이 죽기 전에는 자기가 왜 이러는지조차 알 수 없었다. 죽고 난 이후, 정신을 차려보니 뭔가 이상한 결재들을 했다는 걸 알아챘다.

신희현이 고개를 끄덕였다.

"고맙습니다."

아마 고구려에 의해서 홍경식은 인류 역사상 최악의 범죄자처럼 묘사될 것이고, 신희현은 그를 처단한 빛의 성웅이 될 거다.

신희현이 자리에서 일어섰다.

"벌써 일어나십니까?"

"예, 데이트가 있어서요."

최용민은 헛웃음을 지었다. 정재계 인사들이 신희현과 단한 번이라도 만나고 인사하기 위해서 줄을 서서 기다리고 있건만. 신희현은 그들보다도 데이트가 훨씬 중한 모양이었다.

멀어져 가는 신희현의 뒷모습을 보며 최용민은 피식 웃었다.

'나로서는 이해할 수 없는 사람이다.'

그러니까 저런 말도 안 되는 선택을 했겠지.

'하지만 다행이다.'

저런 사람이 빛의 성웅이라서.

정말 다행이라는 생각이 들었다.

신희현과 강민영은 여느 커플들처럼 산책을 즐겼다. 강민영은 신희현의 팔에 찰싹 달라붙었다. 신희현은 그런 강민영을 사랑스러워 죽겠다는 표정으로 쳐다보며 강민영의 머리를 쓰다듬었다.

"오구오구."

"오빠, 시간 지나도 변하면 안 돼."

"뭐가?"

"지금처럼 달달한 시선으로 나 쳐다볼 거지?"

신희현은 피식 웃었다.

'당연하지.'

관리자의 권한을 포기했다. 강민영을 얻기 위해서.

"매일매일 더 사랑할게."

관리자의 권한만 포기한 게 아니다. 플레이어로서의 힘도 포기했다. 이제 하루만 있으면 자신의 힘은 전부 사라질 거다. 아쉽지 않다면 거짓말이다. 절대자로 군림할 수 있는 레벨 700대의 힘이다.

미개척지가 활성화된 지금, 플레이어의 힘은 점점 더 강력해질 거다. 플레이어의 힘이 곧 권력이 되는 시대. 그 시대가 도래하고 있는 상황이다.

'하지만……'

그 힘을 잃는 대신에 사랑하는 사람을 얻을 수 있다면.

'그건 나름대로 나쁘지 않은 선택이야.'

신희현이 말했다.

"민영이 너야말로 내가 힘없어지고, 돈 없어지고 그래도 날 사랑할 거야?"

강민영이 입술을 삐죽 내밀었다. 그녀는 이런 질문 자체가 싫었다. 강민영은 자신의 허리에 양손을 올리고서 마치 초등

학생을 혼내는 선생님처럼 말했다.

"오빠, 혼날래?"

"어……?"

아니, 나 빛의 성웅인데…….

"나는 오빠를 사랑하는 거지 오빠가 가진 힘이나 돈을 사랑하는 게 아냐. 나도 힘 세고 돈 많아. 만약 오빠가 쫄딱 망해서 거지가 되면 내가 오빠 먹여 살릴 거야. 나한텐 그런 질문 자체가 모욕이야. 알겠어요?"

"……어……어."

희대의 영웅. 이 순간에도 성웅이라 칭송받고 있는 신희현은 개천에서 난데없이 혼났다.

혼이 난 빛의 성웅은 모든 사실을 솔직히 말했다. 그 말을 다 듣고 난 강민영이 신희현의 허리를 꽉 껴안았다.

"이러면 안 되는데……."

"……."

"나 너무 기뻐요."

신희현의 힘이 사라지는 것. 강민영 역시 그건 싫다. 그 힘이 없어지는 것 자체가 싫은 게 아니라, 신희현이 그 힘을 얻기 위해서 얼마만큼 노력했는지 알기 때문에, 그래서 싫은 거다. 그 노력과 시간이 헛수고로 돌아가는 게 되니까.

"내가 오빠 먹여 살릴게. 이래 봬도 나 불의 법관이야."

"……."

강민영의 태도에는 한 치의 망설임이나 흔들림도 없었다.

"그 모든 힘을 포기할 정도로 나를 사랑한다는 거잖아요."

"······."

강민영은 실제로 행복한 마음이 들기도 했지만 일부러 더 쾌활한 척했다. 신희현의 마음이 휑할까 봐, 자신마저도 우울한 기색을 띠고 있으면 신희현에게 나쁜 영향만 끼칠까 봐 일부러 그랬다.

신희현은 타이밍을 엿봤다.

'언제 말하지?'

사실 그는 그렇게 우울하거나 슬프지는 않았다. 힘을 잃는 대신, 사랑하는 사람을 얻지 않았는가. 까짓 거 뭐, 플레이어 계에서 은퇴하면 그만 아니겠는가.

그보다는 지금.

'어느 타이밍에 프로포즈해야 세상에서 제일 멋진 프로포즈가 되지?'

그걸 고민하고 있었다. 그 누구보다도 앞장서서 길을 밝히는 길잡이건만, 프로포즈에 관해서는 잘 몰랐다.

그때, 강민영이 말했다.

"오빠."

"응?"

"나랑 결혼해."

······어?

"내가 오빠 책임질게."

……그러니까 내가 프로포즈를…….

"그러니까 오빠는 나만 믿고 나한테 장가 와요."

……내가 프로포즈하려고 했는데……. 뭔가, 너 오늘따라 왜 이렇게 적극적이고 저돌적이니.

신희현은 강민영과의 연애에서 처음으로 뭔가 주도권을 빼앗긴 것 같은 기분이 들었다. 그렇지만 그 기분이 나쁘지는 않았다. 신희현이 품에 미리 준비하고 있었던 반지를 꺼내 들었다.

"내가 먼저 멋있게 프로포즈하려고 그랬었는데."

저만치 앞에는 헬기들이 대기하고 있다. 플레이어들도 대기하고 있다. 화려한 프로포즈를 하려고 준비했었는데 그게 다 무용지물이 됐다.

어쨌든 두 사람은 결혼하기로 약속했다.

하루가 지났다.

신희현의 귀에 알림이 들려왔다.

'올 게 왔나.'

이미 마음의 준비는 끝났다.

'플레이어로서의 힘.'

전부 사라져도 괜찮다.

'괜찮아, 없어져도.'

마음의 준비를 다 끝냈는데 예상하지 못했던 알림이 들려왔다.

최후의 던전에서 빠져나옴과 동시에 신희현은 고구려를 통하여 홍경식에 관한 얘기를 퍼뜨렸고, 플레이어계(?)에서 은퇴하겠다는 뜻을 밝혔다.

그에 관하여 온갖 추측과 억측이 쏟아져 나오기도 했다. 빛의 성웅이 엄청난 부상을 입었다거나 더 이상 플레이어로서의 힘을 쓸 수 없다거나. 그렇지 않고서야 어째서 그가 플레이를 포기하겠는가.

사람들은 이해할 수 없다는 반응이었다. 신세계가 펼쳐진 지금, 그가 플레이를 적극적으로 한다면 그는 이 세계의 절대자가 될 수 있지 않겠는가.

하지만 발표 하루가 지나자 또 다른 주장이 힘을 얻기 시작했다.

"사실 빛의 성웅은 권력욕이나 그런 게 별로 없대."

"지금 이 상태로 가면 세계가 빛의 성웅한테 너무 의지하게 될 수도 있다는 거야. 빛의 성웅은 미래를 보고 그런 결정을 내린 거지."

"아……."

사람들의 머릿속에 성웅의 이미지가 워낙 강렬하게 남아 있어서 가능한 일이었다. 신희현이 먼저 나서서 사기를 치지 않아도 사람들이 알아서 신희현에게 유리하게 오해해 줬다.

엘렌은 생각했다.

'신희현 플레이어는…… 제왕 빛기꾼이 실로 어울리십니다.'

플레이어의 선택과는 관계없이 엘렌 HAN의 권능을 얻었다. HAN은 그녀의 세계에도 긍정적인 영향을 끼치고 있다는 것을 본능적으로 알 수 있었다. 아무래도 이 파트너 계약은 자신에게 뭔가 큰 영향을 끼친 것 같았다. 애초에 자신이 왜 HAN을 얻고 싶어 하는지도 몰랐고, 또 어떻게 해야 원래의 세계로 돌아갈 수 있는지도 알 수 없었다. 뭐랄까, 파트너가 되기 위해서 과거의 자신이 많은 것을 포기한 것 같은 느낌이었다. 그런데 이상한 기분이 들었다.

'돌아가고 싶지 않습니다.'

제왕 빛기꾼은 물론이고 루시아나 라비트를 비롯한 다른 소환 영령과 헤어질 거라 생각하니 눈앞이 아득해지는 느낌이었다.

'이상한 느낌입니다.'

HAN에 대해 의문을 품기 시작했을 때부터 그녀는 원래의 세상으로 돌아가고 싶다는 생각을 해왔었다. 그러면 모든 의문이 풀릴 것 같았다. 그런데 지금에 이르러서는 그런 생각이 사라졌다.

'아무렴 어떻습니까.'

이대로 돌아가면 빛기꾼이 사기를 치는 것을 더 이상 보지 못하지 않겠는가.

하지만 문제는 남아 있었다.

'저는 어떻게 되는 것입니까?'

신희현이 곧 플레이어로서의 힘을 잃는다. 라이나의 말에 따르면 라이나와 신희현의 관계도 없어진다고 했다. 그러면 자신 역시 신희현과의 고리가 끊어지는 것 아닐까?

'싫습니다.'

차마 그 말은 입 밖으로 나오지 않았다.

그때, 신희현의 귀에 알림이 들려왔다.

[HAN이 소멸 과정에 돌입합니다.]

[HAN의 소멸 후, HAN의 흔적이 남게 됩니다.]

신희현은 그 알람을 듣고 눈을 잠시 감았다.

현재 강민영이 팔짱을 끼고 있는 상태. 강민영은 신희현의 표정을 읽었는지 아무런 말도 하지 않았다.

'HAN의 흔적이라.'

그 말을 전에도 들은 적이 있다. 반쯤 투명한 홀로그램 상태의 강유석이 말했었다. HAN의 흔적이 남아 있었다고.

그리고 신희현이 별들의 옥좌를 클리어-HAN의 기능을
활성화시킨 것이 곧 클리어로 인정되었다-했을 때 과거의
강유석은 사라졌었다.

'나도 비슷한 과정을 거치는 거네.'

과거의 것들이 미래의 것들에 영향을 끼친다. 전 단계의
보상이 나중 단계에 큰 영향을 끼친다. 이것 역시도 큰 줄기
에 속한 게 아닐까. 그런 기분이 들었다.

'차라리 빨리 처리되는 게 좋겠어.'

소환 영령들과 이제 완전히 작별을 하는 건가.

'그건 좀 아쉽네.'

그간 많은 정이 들었는데.

옆을 힐끗 쳐다봤다. 영체화 상태의 엘렌이 복잡한 표정으
로 서 있었다.

'마지막으로 소환 영령들을 소환해서 인사라도 나눠야
하나?'

그랬는데 뭔가를 발견했다.

"엘렌, 울지 마."

엘렌의 눈에서 눈물이 뚝뚝 흘러내리고 있었다. 엘렌은 무
미건조한 표정으로 말했다.

"저는 눈물을 모릅니다."

신희현은 어깨를 으쓱했다. 눈물을 모르는 것치고는 눈물
이 너무 많이 흘러나오지 않는가.

강민영이 신희현과 팔짱을 풀었다. 신희현의 귀에 속삭였다.

"마지막이 될지도 모르는데…… 작별인사라도 해요. 많이 울고 있으면 가서 달래줘."

이제 정말 마지막이 될지도 모르는데 조금 달래주는 것 정도야 뭐가 문제겠는가.

신희현이 엘렌에게 가까이 다가갔다. 인벤토리에서 손수건 하나를 꺼냈다.

"길잡이라면 이 정도는 다들 챙기는 거지."

엘렌의 눈물을 닦아줬다.

결국 엘렌은 울음보를 터뜨렸다.

"신희현 플레이어가 정말 밉습니다."

그녀는 날개를 활짝 펴고 웅크려 앉았다. 그녀의 날개가 그녀의 몸을 덮었다. 그녀는 쪼그려 앉아서 엉엉 울었다.

"첫 번째를 선택했다면 이런 작별은 없었을 겁니다. 저는 신희현 플레이어를 아주 많이 엄청 많이 싫어할 겁니다. 앞으로 영원히 미워할 겁니다."

"……"

엘렌이 알림을 전해주는 것 외에 사적인 얘기를 이렇게 길게 하는 건 처음 본다. 모르긴 몰라도 마음이 많이 다친 모양이었다.

신희현은 엘렌의 날개를 쓰다듬었다. 뭐라고 말을 해야 할지 알 수 없었다.

그때, 알림이 이어졌다.

[HAN의 흔적이 또 다른 HAN의 흔적을 발견합니다.]
[HAN의 흔적과 또 다른 HAN의 흔적이 상호작용을 일으킵니다.]

신희현은 순간 눈을 크게 떴다.

'그냥 사라지는 게 아니다?'

과거의 강유석과 마찬가지로 신희현 자신에게도 HAN의 흔적이 남아 있었던 모양이다. 아니, 그건 당연한 일이었다. 과거에 결국 HAN의 소유주는 자신 아니었던가.

3일간, 단 한 차례도 입을 열지 않았던 라이나의 목소리가 들려왔다.

'으잉?'

'라이나?'

뭐랄까, 라이나를 상상하면 입술을 삐죽 내밀고 완전히 토라져 있는 어린아이의 모습이 그려졌었다. 그게 신희현의 착각이든 아니든, 어쨌든 라이나는 신희현에게 아무런 말도 걸지 않고 있던 상황.

'대박인데?'

'지금 무슨 일이 벌어지고 있는 거야?'

'그건 나도 몰라.'

신희현의 착각일까. 라이나의 목소리가 조금 신난 것 같았다. 마치 빼앗겼던 장난감을 다시 받은 어린아이 같달까.

톤이 한껏 올라간 라이나가 신나서 말했다.

'HAN은 이 세계의 절대 권능 같은 거야. 대옥좌에 앉은 별들조차도 어떻게 할 수 없는. 각각의 세계에서 최상위의 권능을 발현시키는 세계의 질서라는 거지.'

'그런데?'

'그 HAN의 흔적 두 개가 만난 거야. 여태까지 이런 적이 없었거든. 무슨 작용을 어떻게 일으킬지 나도 몰라.'

한 가지 확실한 건 있었다.

'아직까지 네 힘이 완전 소멸되지 않았다는 거야.'

신희현도 문득 깨달았다.

'힘이…… 사라지지 않고 있다.'

인벤토리 활성화도 여전히 가능했다. 엘렌 역시 사라지지 않고 있다.

엘렌이 고개를 들었다. 평소와는 완전히 다른 모습이었다. 눈이 퉁퉁 부어 있었고 얼굴은 온통 눈물범벅이었다. 엘렌을 흠모해 마지않는 다른 플레이어들이 본다면 절대로 믿을 수 없을 것이 분명한 표정이었다.

강민영도 물었다.

"오빠, 뭐가 어떻게 되고 있는 거야?"

"모르겠어. HAN의 흔적 두 개가 만나서 상호작용을 일으키고 있다는데……"

신희현도 알 수 없었다.

인터넷을 중심으로 신희현에 대한 찬양 여론이 들끓었다.

-미래를 내다본 빛의 성웅의 위대한 선택.
-그가 있어 인류는 생존했다.
-그가 빛의 성웅이라 다행이다.

사실상 신희현이 은퇴를 선택한 것은 그런 거창한 이유가 아니었고, 그의 선택이 정말로 미래를 내다본 지혜로운 선택이라는 것도 근거가 조금 빈약하기는 했다. 하지만 그런 논리적인 근거나 상황 같은 건 아무래도 중요하지 않은 듯했다.

안 그래도 명망 높던 그의 이름이 더욱 높아졌다.

HAN을 독식하지 않았다는 사실. 미래 세대를 위해 자신의 기득권을 내려놓겠다는 오해. 그 두 개가 겹쳐져서 엄청난 시너지 효과를 냈다.

[성군의 증표에 긍정적인 영향을 끼칩니다.]

[성군의 증표에 긍정적인 영향을 끼칩니다.]
[성군의 증표에 긍정적인 영향을 끼칩니다.]

신희현의 귀에 알림이 끝없이 들려왔다.

[HAN의 흔적과 또 다른 HAN의 흔적이 상호작용을 일으킵니다.]
[성군의 증표를 확인합니다.]

라이나가 더욱 흥분했다.

'그래, 너한테 성군의 증표가 있었지.'

'그거랑 뭔 상관인데?'

'말했잖아. HAN은 네 세계의 밸런스와 질서를 위한, 다시 말해 네 세계를 위한 시스템이라고. HAN의 흔적 두 개가 만나 소멸이 보류되었는데! 거기에 네 성군의 증표가 긍정적인 영향을 끼치고 있는 거야. HAN은 이제 판단을 하겠지. 이세상에 네 힘이 유지되는 것이 이득인지 아닌지. 스스로 자율적 판단을 내릴 거야.'

신희현은 순간 머리를 한 대 얻어맞은 것 같은 기분이 들었다.

HAN의 자율적 판단이라.

그리고 그 자율적 판단에 '성군의 증표'가 엄청난 영향을 끼치는 것 같았다.

'아······.'

여태까지 사기를 그렇게 쳐 왔던 것이 아주 헛된 일은 아니었구나.

'아무래도 당장 결정되는 건 아닌 모양이야.'

굉장히 중요한 사항인 것 같았다. 이 HAN이라는 시스템이 자신의 능력을 인정하느냐, 인정하지 않느냐.

그와는 별개로 여론이 들끓었다.

─빛의 성웅의 뜻은 존중하지만 우리에겐 그가 필요하다.
─빛의 성웅 없이 신세계 개척은 말도 안 되는 일!

신희현은 까마득히 모르는 일이었지만 그의 은퇴를 반대하는 서명 운동까지 펼쳐질 정도였다. 신희현은 그 스스로도 모르는 사이에 스스로가 생각하는 것보다 훨씬 더 신격화되고 영웅화되었다. 어쩔 수 없이 은퇴하겠다 발표한 건데 이상하게 좋은 방향으로 오해가 겹치고 겹쳤다.

결국 알림이 들려왔다.

[HAN의 흔적과 HAN의 흔적이 상호작용을 일으킵니다.]
[플레이어로서의 능력을 회수하지 않습니다.]

엘렌의 날개가 활짝 펴졌다. 엘렌은 저도 모르게 정말 밝게 웃었다.

"신희현 플레이어!"

그녀는 신희현을 와락 끌어안았다. 신희현은 저항할 새도 없이 그녀의 날개에 파묻혔다.

강민영도 눈치로 무슨 상황인지 알 수 있었다. 그녀도 '오빠!'를 외치며 신희현에게 안겼다.

라이나가 투덜거리는 목소리가 들려왔다.

'쳇, 나도 안기고 싶……'

그리고 사라져 버렸다. 신희현조차도 '내가 잘못 들었나?' 생각할 정도로 아주 짧은 중얼거림이었다.

시간이 조금 흘렀다.

엘렌이 진지한 얼굴로, 매우 근엄하다 주장하는 표정으로 말했다.

"저는 눈물을 모르는 천족입니다."

"아…… 응."

엘렌에게 새로운 정보를 얻을 수 있었다.

플레이어의 힘 소멸 가능성이 완전히 사라진 건 아니었다. 1년의 시간을 벌었다. 그 이후에, 최종 판단을 내린단다.

엘렌은 다짐했다.

'빛의 사기를 치고 말리라.'

그래서 신희현을 완벽하게 성군으로 만들어 놓으면.

'그러면 헤어지지 않아도 됩니다.'

작별은 싫었다. 원래 세계로 돌아가는 것도 관심 없었다. 단순히 신희현과 헤어지기 싫은 기분이 아니었다. 강민영의 난쟁이 파트너 험머도 있고 많은 소환 영령도 있다. 그녀는 이 세상을 떠나기 싫었다.

신희현이 씨익 웃었다.

"그러니까…… 내가 이 세계의 질서를 무너뜨리는 사람이 아니라는 것. 그리고 이 세계에 이로운 사람인 걸 증명하면 되는 거네."

엘렌이 고개를 끄덕였다.

"그렇습니다. 그것은 수많은 플레이어의 인식을 토대로 합니다. 빛의 사기를…… 크흠."

엘렌은 헛기침을 했다. 말을 바꿨다. 제왕 빛의 사기는 예쁜 말로 포장됐다.

"훌륭한 인덕을 보이시면 될 일입니다."

신희현도 고개를 끄덕였다.

그런 것쯤이야 자신 있지.

여태 해왔던 게 그런 거 아니겠는가.

신희현은 강민영의 손을 잡았다.

"상황이 조금 바뀌었네?"

자신감이 무럭무럭 피어올랐다.

그래, 자고로 남자란 힘이 있어야 하지 않겠는가. 내 여자 정도는 내가 지켜야지.

신희현은 그렇게 생각했다. 물론 그 지켜야 하는 대상이 그 대단하다는 불의 법관이기는 했지만.

신희현이 씨익 웃었다.

"오빠 믿지?"

허세 아닌 허세를 잔뜩 부렸다.

모든 것이 좋았다. 예상하지 못했는데 상황이 아주 좋게 흘러갔다. 이 이상 좋을 게 없었다. 힘도 잃지 않았고 내 사람도 잃지 않았다. 이렇게 좋아도 되나 싶을 정도였다.

그때, 최용민으로부터 다급한 연락이 들어왔다.

12장
에필로그

많은 사람이 세계에 일어난 변화를 긍정적으로 봤다. 그러나 플레이어들을 통솔하고 있는 최용민 입장에서는 이 '신세계'가 마냥 좋지만은 않았다. 나쁘다는 건 아니었다. 다만 긍정적인 면과 부정적인 면을 면밀히 살필 필요가 있을 뿐.

'고구려가 더 막강한 권한을 얻는 데에는…… 도움이 될 거다.'

그렇기는 한데 신세계가 어떤 방향으로 이 세계를 변화시킬지 그 변화를 예측할 수 없다는 것에 대한 두려움이 조금 있었다. 그의 입장에서 변수라는 건 일단 부담스러운 거니까.

'신세계라.'

그것에 대해 골똘히 생각할 무렵, 많은 플레이어에게 알림이 들려왔다.

[퀘스트: '미개척지를 개척하라!']

미개척지를 개척하라는 퀘스트가 수많은 플레이어에게 동시다발적으로 떨어진 거다. 퀘스트는 대부분 사람들과 공유되는 방식인 모양이었다.

그러나 그것 말고도.

[대규모 공습이 예상됩니다.]
[플레이어들은 이에 대해 대비해야 할 것입니다.]

이러한 알림까지 있었다.

최용민은 인상을 찡그렸다.

'시즌2 느낌인가.'

최후의 던전까지가 시즌1이었다면 최후의 던전 이후가 시즌2 같은 느낌이었다.

'대규모 공습이라니.'

최후의 던전 내에 있었던 몬스터들이 들이닥친다면? 그러면 답이 없다. 최상위급 플레이어들의 숫자가 무한한 것도 아니고 새로운 대륙에서 얼마만큼의 몬스터가 등장할지도 모를 일. 어쨌든 일단 대비는 해야 했다. 그래서 신희현에게 연락한 거다.

―신희현 씨, 은퇴를…… 늦춰주시면 안되겠습니까?

적어도 저 신세계라는 것에 대해 파악할 때까지는 말이다.

신희현은 옳다구나 싶었다. 힘이 없어졌다면 모를까 그것도 아니다. 게다가 '성웅'으로서의 입지를 더욱 확실하게 다져야 할 필요가 있었다.

하지만 미끼를 덥석 물 수는 없었다.

―이미 공표를 한 뒤라서요.

어차피 그는 최용민의 심리를 이미 꿰고 있다. 자신이 필요할 거다. 그렇다면 이쪽의 몸값을 최대한 높여놓는 것이 좋을 터.

그때, 최용민에게 급한 보고가 올라갔다. 경기도 지방에서 대규모 몬스터 공습이 이루어졌단다.

최용민이 신희현에게 말했다.

―바로 다시 연락드리겠습니다!

그러고서 보고를 받았다. 보고를 받아보니 조금 황당했다.

"토끼 무리라고……?"

하급 몬스터들 중에서도 하급 몬스터. 공격력이라고는 전혀 찾아볼 수 없는 허접한 몬스터 무리가 갑자기 나타나서 돌아다니고 있단다.

'공습은 공습인데…….'

공습은 공습인데 전혀 무섭지 않은 공습이 시작된 것이

었다.

'빛의 성웅에게 이걸 전해야 되나……?'

엄청 급하다고 전화를 걸었는데 알고 보니 하나도 안 급하지 않은가. 하필이면 토끼 무리라니. 이건 고구려 선에서, 아니, 이 정도면 군대선에서도 해결이 가능했다. 군인들 중에도 플레이어가 있으니까. 그냥 그들이 가서 깔끔하게 정리하면 끝이다.

'나 참.'

그에게 있어서 신세계는 예측 불가능한 변수였다.

최상급 바람의 정령 윈더는 언제나 겸손했다.

"내가 잘난 것이 아니야."

동료 윈더들은 최상급 정령 윈더를 부럽다는 듯 쳐다봤다.

최상급 정령 윈더는 고개를 저었다.

"아니야. 내가 잘한 것이 아니라…… 내 계약자님의 위대한 행보에 함께했을 뿐이야. 내가 했던 건 아무것도 없어."

그는 진심이었다. 겸양을 떨려는 것이 아니었다. 그가 한일이라곤 뭔가를 탐색하거나 돌아다니거나, 하여튼 하급 정령들도 충분히 할 수 있는 것들이었다. 그래서 한때, 정령왕에게 따지기도 하지 않았던가. 지금 와서는 정령왕을 의심한

못된(?) 자신을 자책하고는 있지만 말이다.

칸드가 윈더들 무리에 나타났다.

"그래그래. 그분은 아주 위대하신 분이지."

절대 내가 호구처럼 널 부려먹으려고 그런 게 아냐.

그걸 주장하기 위해서라도 칸드는 이 윈더의 말에 힘을 실어줘야 했다. 칸드는 윈더에게 눈짓했다.

'절대로 부려먹으려고 그런 게 아니다. 알지?'

윈더는 고개를 끄덕였다.

"제가 불충했습니다. 인내심이 없어 잠시 정령왕님을 의심했습니다. 제가 나빴습니다. 위대하신 라이나 님과의 계약한 그분을 제가 감히 평가절하했습니다. 깊은 뜻도 알아차리지 못하고."

상급 정령들은 오오오! 하고 감탄을 내뱉었다.

"그 계약자가 그렇게 대단한 계약자라며?"

"응, 인간들의 왕인데 왕보다도 한 단계 더 위래."

그들은 신희현에 대해서 잘 몰랐다.

"우와, 그럼 정령으로 치면 정령신 같은 거야?"

그냥 그렇게 이해했다. 사실 최상급 정령 윈더도 잘 몰라서 그냥 그렇다고 고개를 끄덕였다.

"엄청난 분이시네!"

"미안해. 내가 전에 이간질을 하고 말았어."

사실 이간질이 아니었다. 정령왕 칸드의 시커먼 속내를 정확하게 이해한 윈더의 진정한 친구였다. 그러나 결과가 이렇게 됐다. 그 윈더는 자책했다. 중간에서 이간질한 나쁜 윈더가 되고 만 것이다.

신희현이 전혀 모르는 사이, 전혀 다른 세계에서 완전히 새로운 타입의 사기가 행해지고 있었다. 사기를 치는 윈더조차도 스스로가 사기를 치는지 모르고 말이다.

마치 신희현이 원대한 계획과 꿈을 가지고 윈더를 육성한 것 같은 위대한 영웅담이 정령계에 퍼져 나갔다. 신희현은 새로운 사기의 경지를 개척한 셈이었다.

그리고 그것은 비단 정령계만 그런 게 아니었다.

라비트는 힘주어 얘기했다.

"양평 치즈 스페셜 에디션은 아주 구하기 힘든 명품 중에서도 명품. 선택받은 0.01퍼센트의 행운아들만 손에 쥘 수 있습니다."

아니다. 라비트도 이제 안다. 양평 치즈 스페셜 에디션은 이제 대량생산할 수 있다.

"이것은 혁명입니다, 아버님."

"수고했다."

"이러한 성과를 올리기 위하여 그림자에 몸을 숨기고 제 스스로를 단련하고 또 단련하였습니다. 가슴이 찢어지는 고통을 이겨냈습니다."

거짓말은 아니었다. 그림자 망토를 사용해서 그림자에 숨어 레드 드래곤을 수백, 수천 번 공격했고 심지어는 동료인 강민영까지 공격했다. 그땐 정말 괴로웠다.

어쨌든 거짓말은 아니었다.

"대단하다! 장하다, 내 아들! 네가 이렇게 가문을 빛내는구나!"

거짓말은 아닌데 라비트의 아버지는 조금 다르게 해석했다. 많은 것이 함축되어 있는 '그림자'였고, 그 그림자 속에서 아들이 뼈를 깎는 고통을 감내해 가며 가문에 이런 영광을 찾아준 것 같았다.

"어떤 고초를 겪었을지 나는 잘 모른다. 하지만 네가 일궈낸 이 업적은 길이길이 빛날 것이다."

라비트의 털이 바짝 섰다. 뭔가, 아주 위대한 것을 배운 것 같은 느낌이었다.

검객 라비트는 신희현에게 조금씩, 조금씩 자기도 모르는 사이에 물들어 갔다.

'빛의 성웅이 되는 법을 좀 알겠소!'

변화는 엘렌에게도 있었다. 엘렌은 HAN의 권한을 빌어 자신의 세계, 천족들이 살고 있는 '아레나'에 드나들 수 있게 되었다.

아레나에서 대천사 엘렌이 날개를 펼치고 날아올랐다. 성스러운 빛을 흩뿌렸다. 그 모습을 보며 누군가가 눈물을 흘렸다.

"엘렌…… 네가 대천사가 되다니. 신의 축복이로다."

엘렌이 공중에 뜬 상태로 고개를 저었다.

"이것은 일시적인 현상입니다, 할아버님."

아레나에 돌아오면서 기억이 거의 다 되돌아왔다. 그래서 획기적인 사기를 치기로 했다.

"아직 완벽한 권능을 얻지 못하였습니다. 성역 강화의 권능을 계속하여 펼치려면 저는 파트너와의 계약을 유지해야 합니다. 따라서…… 이곳에 오래 머물지 못할 것 같습니다."

"……"

천사들은 매우 안타까워했다. 대천사 엘렌, 그녀의 이야기를 듣고 싶어 하는 천족이 아주 많은데 다시 그 지구인가 어딘가로 돌아간다고 하니 아쉬울 수밖에.

"아쉽구나."

엘렌은 알았다. 이곳에 남게 되면 어마어마한 업무에 시달리게 될 것이란 것을 말이다. 유능한 천족일수록 더 많은 일을 하게 된다. 서류에 파묻히게 될 수도 있다는 소리였다.

엘렌이 말했다.

"저도 정말 아쉽습니다."

만약 신희현이 봤다면 입을 쩍 벌렸을지도 모를 일이다. 좀처럼 표정을 드러내지 않는 엘렌이 이번에는 깊은 한숨을 쉬며 신희현의 눈으로 보면 매우 작위적인 표정을 짓고 있었기 때문이다.

그리고 신희현은 아마 발견할 수 있었을 거다. 그런 작위적인 안타까운 표정 뒤에는 아주 미묘한 미소가 숨겨져 있다는 것을 말이다.

'금방 복귀하겠습니다. 신희현 플레이어.'

미개척지에 대한 개척의 바람이 불었다. 새로운 땅, 새로운 자원, 새로운 아이템. 세계는 바야흐로 새로운 시대를 맞이한 셈이었다.

'신세계'는 기회의 땅이라 불리게 됐다.

그 누가 됐든 노력만 하면 윤택하게 살 수 있는 새로운 땅이라는 소문이 퍼졌다. 그리고 그 말은 어느 정도 사실이었다.

아이템에 대한 수요는 거의 무한에 가까웠고 신세계에서는 그 아이템들이 필요한 만큼 드랍이 됐다.

누군가가 공급과 수요를 정확하게 조절하고 있는 것처럼, 무언가 하나의 공급 과잉 현상도 없었고 수요 부족도 없었다. 거의 정확하게 공급과 소비가 이루어졌다.

그렇게 세 달이 흘렀다.

신희현이 말했다.

"세상이…… 많이 변한 것 같네."

강민영이 대답했다.

"응, 플레이어도 엄청나게 많아졌어."

전체 인구수 대비 10퍼센트에 불과하던 플레이어들이 이제 50퍼센트에 육박하고 있다. 그리고 그 숫자는 점점 더 늘어나고 있는 추세. 이대로 가면 3년 내에 모든 사람이 플레이어가 될 거라는 예측이 지배적이었다.

그것에 따라 신희현의 명성은 더욱 높아졌다. 공략의 방을 통해서 수많은 공략을 풀어 새로운 플레이어들을 육성하는데 매우 큰 공을 세우고 있었으니까.

신희현이 씨익 웃었다.

"제일 중요한 건."

내일이 바로 결혼식이라는 거다.

강민영이 배시시 웃었다. 신희현의 어깨에 머리를 기댔다.

"꿈만 같아. 실감이 안 나요."

"나도 그래."

한 번 잃었던 연인과 결혼이라니.

솔직히 말해 기뻤다.

당장 내일이 결혼식이라니.

이렇게 행복해도 되나 싶을 정도로 행복감이 밀려들었다. 다른 건 다 잃어도 강민영만 얻으면 행복할 것 같았다.

결혼식은 비밀리에 친분이 있는 최상위급 플레이어들과 가족, 친구들만이 참여했다.

신혼여행은 거제도였다. 신세계가 펼쳐진 이후, 더욱 아름다워진 자연경관 덕에 신혼여행지로 첫손에 꼽는 곳이기도 했다.

서울에서 거제도까지는 금방이었다.

'주인, 나는 이동 수단이 아닌데.'

'결혼했잖아. 좀 도와줘.'

'그냥 날아갔다가는 주인이랑 주인님 아내랑 홀라당 다 타 버릴걸?'

'그건 윈더가 커버해 줄 거야.'

대구를 초토화시켰던 공포의 피닉스가 이제는 운송 수단으로 전락했다.

그 운송 수단이 최상급 정령 윈더와 함께했다.

'제가 완벽하게 모시겠습니다.'

마찰열? 소음?

그런 것 따윈 최상급 정령 윈더 앞에서는 무용지물이었다. 피닉스와 윈더의 콜라보레이션으로 인하여 그 무엇보다도 편안한 승조감(?)으로 약 1분 만에 거제도에 도착했다.

신희현은 행복했다. 세상을 다 얻은 것 같았다. 라이나의 투덜거림이 들려왔다.

'얼씨구, 좋댄다. 좋냐? 좋아? 아주 음란마귀가 마음속에

가득한 것 같다?'

그렇게 투덜거리는 가운데에서도 라이나의 기분은 매우 좋은 것 같았다. 적어도 신희현은 그렇게 느꼈다.

'아냐, 틀렸어. 하나도 안 좋아. 네 녀석 따위가 행복한 건 나랑 단 한 톨도 상관없다고. 네놈이 행복하든지 말든지, 헹!'

그랬는데.

'얼씨구?'

하늘에 뭔가가 보였다.

최용민에게 보고가 올라갔다. 거제도에 대규모 몬스터 게이트가 오픈되고 있다는 소식이었다.

'몬스터 게이트……!'

몬스터를 대량으로 소환하는 그것 말인가.

"가만. 거제도라고?"

"예! 그 규모가 가히 상상을 초월합니다! 무슨 일이 어떻게 벌어질지. 예측할 수 없습니다! 현재 많은 병력이 신세계 쪽에 집중되어 있는 상황입니다. 여력이 없습니다. 빛의 성웅에게 도움을 요청해야 할 것 같습니다!"

"흐음."

대규모 게이트란 말이지. 그게 하필이면 거제도란 말이지.

최용민이 그답지 않게 씨익 웃었다.

그에게 보고를 올리던 플레이어는 고개를 갸웃했다. 최용민이 미쳤나. 왜 저러나 싶었다. 심지어 최용민은 흐흐 하고 웃기까지 했다.

"흐음, 거제도?"

거제도. 빛의 성웅이 신혼여행을 간 곳 아닌가. 그래, 신혼여행을 갔는데 뭔가 이상한 게 나타나서 방해한다? 그럼 그 이상한 걸 없애면 그만이지.

"알았다. 신경 쓰지 말도록."

같은 시각. '네놈의 행복 따위는 내 안중에도 없어'라고 주장하던 라이나가 폭발했다.

'저런 쓰레기가 어디서 고개를 들이밀어! 감히 어디서 방해질이얏!'

신희현도 인상을 찡그렸다.

아니, 신혼여행에 이게 뭐냐. 저딴 건 빨리 없애 버려야지.

신희현의 군단이 모습을 드러냈다.

"모두 쓸어버리겠습니다, 오빠. 행복한 사랑을 위하여."

"내게 맡기시오! 털들을 전부 뽑아버리겠소!"

"형님의 하룻밤은 이 마틴이 책임지겠습니다! 으랏츠아아아!"

"라이나 님이 열 받았는데 내가 가만히 있을 수 없지. 내가 한 방에 다 치워 버릴게, 주인."

"내 비록 정령왕의 신분이지만 계약자의 행복한 신혼을 위하여 저 잡스런 것을 없애는 데 최선을 다하겠다."

"저 역시 칸드 님의 뜻을 받들겠습니다."

누군가가 모습을 드러냈다. 어린아이의 모습이었고 빛으로 이루어져 있었다.

"소멸!!!"

어쩌다 한 번 사용할 수 있다는 대옥좌의 절대 권능이 빛을 발했다. 어지간히도 화가 난 것 같은 모양새였다.

강민영이 배시시 웃었다.

"오빠, 신혼여행이 뭔가 엄청 스펙터클한 것 같아."

신희현이 강민영의 머리를 쓰다듬었다.

"훨씬 더 스펙터클한 게 남아 있어."

"……응?"

신희현이 음흉하게 웃었다.

"오늘 밤, 엄청 스펙터클할 거야. 세상에서 제일 다이내믹할걸?"

"아이, 진짜……! 변태!"

강민영의 얼굴이 붉게 물들었다. 신희현은 강민영의 머리를 쓰다듬었다. 손바닥을 통해 전해지는 그 간질간질한 감촉이 기분 좋았다. 행복했다.

같은 시각, 현재 신세계에 모든 여력을 쏟아붓고 있느라 제대로 대처가 어려운 거제도 지방을 위하여 오지인 그곳까지 빛의 성웅이 무려 피닉스를 타고 날아갔다는 소식이 전해졌다.

세상을 위하여, 플레이어들의 힘이 닿지 않는 그곳에 솔선수범하여 날아갔다고 알려졌다.

빛의 성웅, 그가 번거로움을 무릅쓰고 무려 은퇴 선언을 뒤집으면서까지 직접 몬스터 게이트를 처리하고 있다는 소식이 전국을 강타했다.

행복감에 물든 신희현에게 알림이 들려왔다.

[성군의 증표에 긍정적인 영향을 끼칩니다.]

The end

일천회귀록

사내는 강고하게 선언했다.
"다음 삶에서야말로 나는 너를 죽인다."

『기대하지.』

세상과 함께, 사내의 심장이 찢겼다.

20,000년이 넘는 세월을 살아 왔다.
히든 클래스 전직과 비기 획득도 지겨웠다.
모든 것에 지쳐갔다.
마황에게 죽임을 당하는 순간조차도.

바로 오늘, 강윤수는 999번 회귀했다.
죽거나, 죽이거나.

**모든 클래스를 마스터한 남자의
일천 번째 삶이 시작된다.**